對類卷之四

花木門

桃李第一

二字　平　實字

桃桃花紅仙果梅冬花夏實棠海棠棠棣梨花白有實榴石榴花紅有實蓉芙蓉又名拒霜

蘭幽草有花荷芙蕖實曰蓮根曰藕蓮荷花又蓮房菱水果兩角俗名菱角

葱菜名芝靈芝蒲菖蒲蘆葦未秀萊荒田中草蕪草荒將苔蘚苔

莓苔也芹水菜萍水草葭蘆也蕉芭蕉茅草也蒿蓬蒿

茨茅茨萱草名有花蓂堯階草名月初一日生一葉至十五止後一日落一葉蓴水葵

萸茱萸蘋江畔草藍染青草蔬菜總名茄菜名菰秋菰瓜蔓生夏熟

松葉細常青梧子可食桐子可爲油榆葉如錢槐花黃楊楊柳楓木名

桑葉可養蠶荊小木叢生篁新竹柑黃柑橙香橙如橘楂果名藤藤蔓

蘿女蘿荼瑞草可食又山茶花枌枌榆白皮楸梓屬椅梓屬檉河柳

枏音南木名榕根倒生蓬蓬草美嫩草椒味辛可食椑柹屬榛似栗

藻萍也葵花開向日椿有壽之木櫻櫻桃薇薔薇梔梔子花白

仄

李花白有實杏花紅有實菊秋花色黃桂岩桂花又名木犀蕙蘭屬秋花藥芍藥

槿木槿芰菱屬四角芡雞頭橘大曰橘柚小曰柚枳枳殼棗棗子

栗大栗果名藕芙蕖根韭葷菜薤韭屬筍竹萌蕨可食柏葉青耐寒

檜柏葉松身柳楊柳竹心空葉長青藻水草荇水草草百卉名

荻蘆屬梓木中之王茗茶芽莧菜名蘚苔也葛根可食柹紅柹

蔗甘蔗杞木名棘有刺檿山桑葦蘆葦艾草名柰似杏

荔荔枝芋根可食菜蔬菜蔌野菜蔓藤蔓葚桑子芷蘭芷

柘葉可養蠶蓼紅蓼

禾稼第二

平 禾（穀苗春種秋收）秧（禾方生）苗（禾之未秀者）粱（米粟）麰（麥也）秔（秔稻）

實字

粳（香粳）稊（稊稗）麻（麻枲又芝麻胡麻）

仄 稼（禾種曰稼）穡（禾斂曰穡）黍（禾屬）糯（可造酒）稻（晚禾）稷（五穀之長）粟（粒小）

稌（禾也）菽（豆總名）麥（秋種夏收）米（穀實）穀（禾實又五穀）稗（害禾草）

穄（如粟可食）豆（菽豆）

花葉第三

平 花（百花總名）英（花不實）葩（花也）苞（花果未發）枝（木別生）條（小枝）梢（木枝尾也）

實字

竿（竹竿）叢（聚也）芽（萌芽方生）根（木根）柯（木枝）莖（草木之枝）荄（草根）

株（樹也）芒（禾穀之芒）鬚（花心）

仄 葉（草木之葉）核（果中）幹（枝幹）蘂（花心）萼（花蔕）蔕（花蔕）果（果子）

實（果實）穟（禾鬚）穗（禾實）木（樹木）籜（笋皮）節（竹木堅節）片（花葉）

目（萌芽）梗（嫩枝）柄（莖也）本（根本）蘖（萌蘖）子（結實）顆（圓實）

粒（米實）種（草木栽）莢（葉也）絮（柳花曰絮）卉（百草總名）穎（穀實）朵（花朵）

香馥第四

平 香（花氣）馨（香之遠聞）紋（花暈）顏（顏色）姿（姿色）腴（豐盛）容（顏容）

半虛

音 聲 華（英華）芬（草木芳香）陰 痕（痕迹）

仄 馥（花香氣）彩（花色）影 蔭（花木蔭地）氣（香氣）韻（竹木音韻）味（香味）

艷（色之麗也）暈（痕暈）色

喬嫩第五

平 喬（高也）長 高 佳（美也）鮮（新色）妖（嬌貌）華（榮華）

虛字

榮（敷榮）横（横斜）枯（草木枯槁）妍（美好）肥（豐腴）蕃（茂盛）稀（稀踈）

脩（長也）踈（不密）濃（盛也）清（不俗）新（鮮色）柔（柔軟）低（卑也）

奇（奇異）幽（清幽）堅（堅剛）虛（空虛）夭（夭豐）稠（多密也）繁（盛多也）

衰凋零也
仄 嫩 秀清秀 艷美色 媚嬌好 麗華麗 茂茂盛 短
軟柔弱 弱嬌而無力 裊長而弱 密稠密 亂多也 細細小 薄淡薄
巨大也 勁堅剛 朽枯朽 敗衰敗 小微小 古古老 滑利滑
脆 大 淨清淨 瘦清癯

○開發第六 虛字 活

平 開花綻 生方發 舒伸舒 垂枝條下垂 凋衰落 零凋也 鋪鋪平
翻翻覆 抽花木抽生條 日燒花紅如火 粧點綴 荒凋零 殘衰也
飛花葉落 飄風零落 呈呈露 攢簇也 迷遮也 篩日影照也 號竹木聲也
搖風動也 披披開 張舒張 萌發芽 浮浮水 傾傾側 摧摧折
堆堆積 穿鑽出 纏纏繞 蟠蟠結 吟葉鳴 封封鎖 然花艷
仄 發花木開舒 吐如口吐物 拆開拆 放草木開發 謝落也 墜墮也 褪退落

熟成熟 茁草長 敗衰謝 朽木枯 腐爛也 綴粘也 擺搖擺
刺攢刺 綻綻裂 逞逞露 長草木茂盛 舞柳搖如舞 [illegible]花謝 葉 簇花多如簇
疊堆疊 蹙皺也 染染色如染 迸穿地而出 戛戛擊 倒欹倒 傍相依
撼搖撼 捲舒捲 掛罩掛 壓花重壓枝 暎相照 露露出 展展開
破破裂 罩籠罩 蘸蘸水 遶圍遶 卧花被雨壓 笑花開如笑

○攀折第七 虛字 活

平 攀引攀 簪插簪 移遷徙 澆灌注 尋求覓 分剖析 嘗食試
芸芟除 捫摸捫 紉佩服 然燒焚 懷抱懷 除去除 浮泛浮
隨隨從 鋤鋤芸 飡食飡
仄 折折斷 種栽植 接延引 斫斫伐 食茹也 探問伺 傍依倚
養培也 摘採摘 踏踐踏 掃掃除 寄付托 刈割獲 刻剞
拾收拾 植栽植 割剪割

三字

○松篁杞梓第八

平

松篁（松木篁竹） 松梅 松椿 松蘿 松楸 松杉 松槐

並實

桑榆 桑麻 蓬萊 蓬蒿 萍蓬 芝蘭（芝瑞草蘭香草） 椒蘭

桃梅 茶瓜（杜茶瓜留客遲） 椅桐（詩椅桐梓漆） 茅茨 蒭蕘 禾麻

樵蘇 楂梨 蒲荷 楓梧 菱荷 薰蕕 菰蒲 藤蘿

蒹葭 荊榛 榛蕪 柴荊 葵榴 枌榆 蒿萊 蒭薪

柴薪 莓苔 蘋蘩 梧楸

上去

杏梅 杏桃 竹梅 菊橙 菊茱 麥禾 荻蘆 蕨薇

竹松 草萊 菊松 菊萸 柳蒲 韭菘 韭葑 蔦蘿

草茅 梓桐 杞桐 棘薪 李桃 李梅 薜蘿 芰荷

蕙蘭 稻粱

仄

杞梓（良材之木） 杞柳 杞菊 草木 草芥 草莽 穀粟

菽麥 粟麥 黍稷 稼穡 橘柚 枳橘 枳棘 棗栗

荇藻 菽粟 芋栗 柿栗 筍蕨 檜柏 竹柏 竹木

蒿荻 李柰 黍稌

上平

松菊 蒲柳 花柳 桃柳 梅柳 楊柳 桃杏 桃李

瓜李 梅杏（梅杏半傳黃） 松柏 椿柏 松桂 松檜 椿檜

榛棘 松竹 松菊 椿桂 茱菊 蘭菊 蘭蕙（蘭蕙皆香草）

蘭桂 椒桂 椒艾 菱芡 橙橘 荊棘 榆柳 梧竹

櫻筍（古詞櫻筍新蔬果） 花草 花木 蘆葦 蘆荻 蘭芷 榛栗

麻豆 槐棘（三公） 槐柳 桑梓 桐梓 桑棗 榛栗 梨栗

梨棗 瓜果 花卉 蓮藕 禾麥 禾黍 麻麥 粱稻

蘋藻 禾稼 苗稼 萸菊 葵藿 苔蘚 蓬蓽 葭葦

桑柘 薇蕨 蔬筍 蔬菜 芹藻 麻苧 梅竹

荼蘼菡萏第九

〔平平〕荼蘼 薔薇 甘棠（詩註甘棠杜梨也） 芙蕖（蓮也） 櫻桃

胡桃 蒲萄 枇杷（又名盧橘） 芙蓉 〔並實〕 芭蕉

宜男 茱萸 栟櫚（棕） 玫瑰 楊梅 菖蒲 忘憂（萱草又名宜男）

長春（並花名） 辛夷 梧桐 檳榔 丁香 芄蘭 菁莪

〔上入〕牡丹 瑞香 素馨 拒霜 麗春（月月紅又名長春） 木犀 木蘭

木瓜 荔枝 佛桑 杜鵑 紫薇 薜蘿 刺桐 蜀葵

棣棠 鹿葱 木香

〔仄〕菡萏（蓮未開曰菡萏） 芍藥 茉莉 荳蔻 杜若 薜荔 薏苡

橄欖 苜蓿 躑躅 郁李 潑雪 百合 木槿 木筆

紫笑 半夏

〔上平〕含笑 棠棣 萱草 蘆橘 菱角 蓮印 薝蔔（梔子花獨六出）

○梅花柳葉第十

〔平平〕梅花 梅英 梅梢 桃花 桃英 楊花 〔並實〕 梨花 荷花

蓮花 榴花 蘭花 桐花 蘋花 菱花 蘆花 槐花

薇花 椒花（元日獻椒花頌） 棠花 葵花 茶花 松花 松梢

松枝 松根 桃枝 桃根 花枝 花梢 花英 花叢

梅叢 楊條 蓮房 蒲芽 茶芽 蘭芽 楊枝 桑枝

桑條 桑根 柑花 榆花 蒲花 秧苗 梅枝

〔上入〕柳條 柳枝 柳梢 杏英 杏葩 杏梢 杏花 李花

桂花 桂英 棣花 藕花 蓼花 荻花 稻花 菜花

豆花 槿花 菊花 菊英 菊葩 菊叢 竹竿 竹枝

竹根（霜埋翠竹根） 竹叢 竹梢 竹芽 草叢 草根 葦叢

麥花 麥芒（古詩麥芒接天搖青波） 桂枝 橘花 蘚花 柳花

蕙花　蕨芽　棣華　筍根　筍芽

【仄】柳葉　柳絮　竹葉　竹籜　竹節　竹榦　筍籜　杏蕋

杏蕚　杏子　竹子　栢子　桂子　李子　李實　荔子

桂葉　柘葉　木葉　杏葉　栢葉　檜葉　麥穗　菊蕋

桂蕋　蓼穗　棣蕚　葛藟　荇菜 詩篇名

【上平】桃蕋　桃蕚　桃穇　蓮蕋　蓮實　荷葉　蓮葉　楓葉

梧葉　桐葉　槐葉　蒲葉　桑葉　梅葉　桑葚　蕉葉

桃葉　萍葉　花葉　蘆葉　蓂葉　蓂莢　梅蕋　梅蕚

櫑蕚　花蕚　桃片　花片　花蕋　花蔕　花朶　桃實

榆莢　楓樹 杜玉露凋傷楓樹林　蓴菜　楊葉　松葉　蘋葉

菱葉　梅子　梅實　蓮子　蕉子　松子　柑子　瓜實

瓜蔓　蓮葯　茅茹　松幹　柑實　萍實　禾穎　禾穗

○叢梅榦竹十一　【並實】

【平】叢梅 雪岸叢梅發　叢蘭　株松　枝花　叢花　叢篁 叢篁低地碧

枝梅

【上仄】朶花　穗禾　榦松

【仄】榦竹　穗麥

【上平】枝杏　枝桂　叢桂　叢菊　竿竹

○枝柯節目十二　【並實】

【平】枝柯　枝條　枝梢　條梢　根株　根荄 根木根荄草根　根苗

根莖　英葩　萌芽　勾萌 季春勾者畢出萌者畢達　英華

【上仄】本根　本枝　榦條

【仄】節目　節操　蕋蕚　穎穗　蓓蕾　芥蔕　梗槩

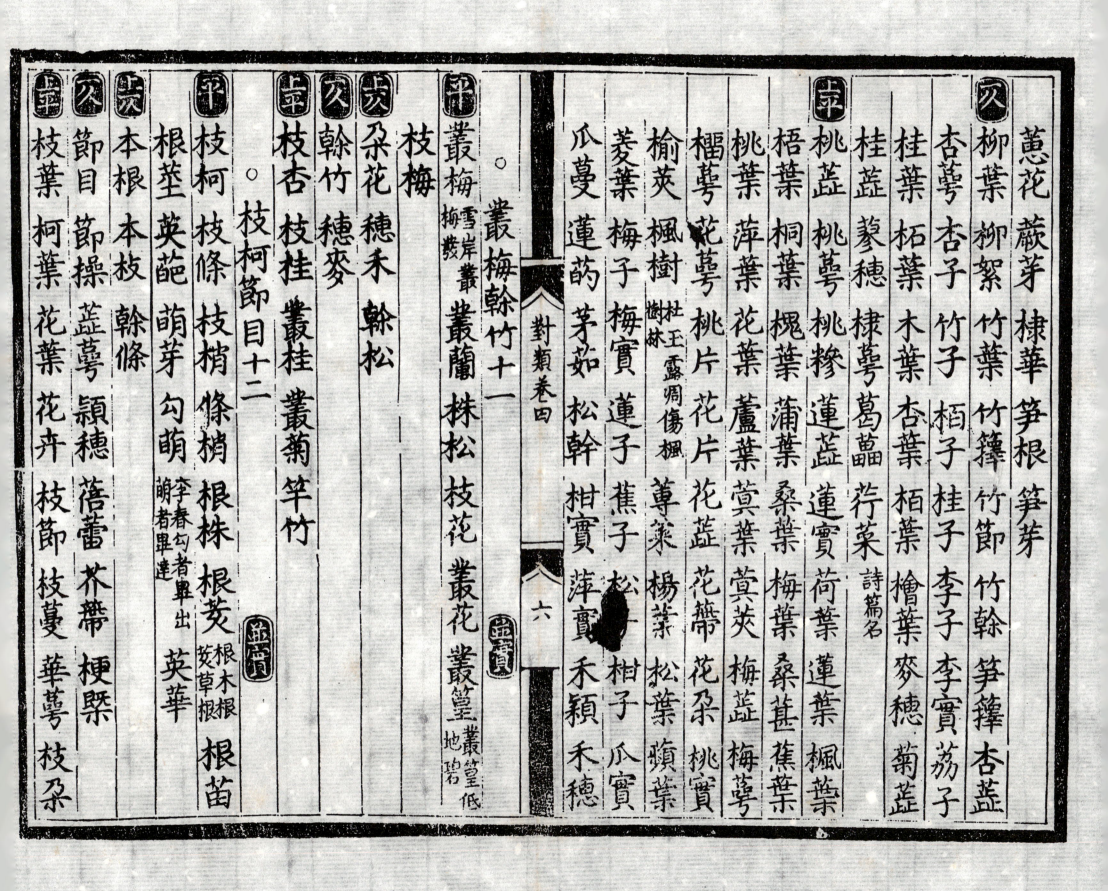

【上平】枝葉　柯葉　花葉　花卉　枝節　枝蔓　華蕚　枝朶

枝榦 根柢 根蔕 藤蔓 萌蘖 葩蕋 條目 根本

○喬松嫩柳十三 上虛 死 下實

平 喬松 高松 踈松 枯松 新松 長松 初篁 新篁
脩篁 踈篁 高槐 新槐 高楓 孤松 孤桐 高梧
脩梧 垂楊 枯楊 孤梅 香梅 芳梅 踈梅 枯梅
殘梅 肥梅 芳桃 夭桃 殘桃 新荷 圓荷 枯荷
高荷 芳蓮 新蓮 新蒲 香蒲 芳蒲 柔蒲 芳蘭
幽蘭 新蘭 明橊 浮萍 輕萍 平蕪 荒蕪 荒苔
柔桑 香瓜 芳瓜 甘瓜 甜瓜 新茶 香芹 新秧
香橙 香蓴 新蔬 踈茅 香粳 鮮桃 叢篁 脩筠
輕荑 柔荑 長蘆 脩蘆 良苗 枯蒲 衰楊 踈楊
踈桐 香秔

上仄 早梅 小梅 落梅 矮桃 小桃 艷桃 媚桃 小荷
嫩荷 捲荷 敗荷 小蓮 小蒲 細蒲 嫩蒲 落萍
亂萍 泛萍 落楓 落桐 嫩篁 小篁 秀松 小松
密松 稺松 大椿 嫩杉 嫩桑 嫩芹 落梧 敗蘆
仄 嫩柳 細柳 弱柳 稺柳 密柳 媚柳 斷柳 敗柳
密竹 嫩竹 勁竹 細竹 艷杏 秀麥 細麥 大麥
小麥 嫩笋 細草 小草 嫩草 密草 勁草 茂草
暗草 秀栢 秀木 嫩菊 細菊 敗菊 嫩韭 早韭
細韭 細李 苦李 脆李 密李 密藻 快果（梨） 細藻
上平 高柳 新柳 踈柳 衰柳 垂柳 芳柳 香桂 芳桂
脩竹 踈竹 高竹 新竹 踈笋 新笋 繁杏 芳杏
殘杏 夭杏 穠李 幽菊 芳菊 踈菊 殘菊 衰菊

鮮菊 荒菊 佳菊 新麥 新稻 香稻 佳稻 香橘
甘橘 新橘 喬木 高木 森木 枯木 佳木 新草
芳草 疎草 荒草 衰草 柔草 芳藻 疎藻 香藻
芳穗 幽穗 疎葦 枯葦 荒荻 新藕 佳藕 甘藕
流荇 芳芷 疎蔘 華黍 香芰 多稼 多穀 幽樹
枯樹 新穀

○松高竹密十四 上實 下虛 死

平 松高 松喬 松枯 松疎 桃芳 桃夭 桃鮮 桃殘
荷圓 荷深 荷高 荷衰 荷香 荷枯 蓮芳 蓮香
蘭芳 蘭芬 蘭幽 蘭清 蘭香 梅清 梅殘 梅香
梅枯 梅疎 梅芳 蒲香 蒲柔 桐疎 楓高 瓜香
瓜清 楊垂 桑濃 桑柔 茶香 茶清 苔深 苔滋

槐濃 槐深 槐高 篁疎 橙香 蓴香 芹香 桃濃
松孤 蓮枯

去 菊芳 菊香 菊荒 菊殘 菊衰 桂芳 桂香 柳高
柳芳 柳乖 柳深 柳低 柳殘 柳濃 柳新 柳疎
柳衰 柳柔 竹高 竹深 竹多 竹脩 竹幽 竹疎
木森 木枯 木榮 草芳 草深 草新 草濃 草淒
草衰 草枯 草荒 菊鮮 藻深 李濃 杏濃 杏繁
杏夭 稻香 麥濃 杏芳 栢堅

仄 竹密 竹嫩 竹淨 竹靜 竹勁 竹茂 竹細 木茂
木秀 木老 桂老 桂古 桂郁 菊嫩 菊細 菊茂
菊艷 杏艷 杏小 杏密 李脆 藕脆 李密 李苦
柳細 柳密 柳嫩 柳敗 柳靜 柳茂 柳軟 柳穉

柳弱 柳暗 草細 草秀 草密 草嫩 草茂 草軟
麥熟 麥秀 筍密 筍嫩 蘚滑 藻密 荇密 栢古
栢老 檜老 稻熟 韭嫩
【上平】松秀 松茂 松密 松老 椿老 梅早 梅老 梅小
桃艷 荷敗 荷密 荷淨 荷小 萍碎 蓮膩 苔滑
苗秀 苗盛 蘭郁 蘭秀 蘭茂 蘭茁 秧秀 秧細
椿老 槐密 禾茂

○靈椿老柏十五 與喬松嫩柳通用 【上虛】【下實】

【平】靈椿 詩靈椿一株老 嘉花 蟠桃 仙桃 杜九重春色醉仙桃 仙花 仙芝
靈芝 祥禾 嘉禾 靈根 靈苗 凡花 祥桑
【上仄】古松 老松 古杉 老杉 瑞芝 瑞桃 古詩瑞桃獨占小陽春
瑞禾 瑞蓮 古槐 古梅 佛桑 壽桃 壽椿

【仄】老栢 古栢 古檜 老檜 古桂 老桂 老桂吹古香 老樹
古樹 古木 古柳 古榦 壽竹 瑞木 瑞草 福果
【上平】仙桂 仙杏 仙李 仙果 仙茗 凡草 凡卉 嘉木
嘉果 嘉穀 嘉樹 華藻 人柳 漢苑中有人柳一日三眠三起 豐草
嘉樹 文杏

○奇花茂葉十六 【上虛】死【下實】

【平】奇花 名花 芳花 鮮花 香花 新花 繁花 踈花
輕花 浮花 佳花 閒花 幽花 殘花 餘花 虛花
踈葩 芳葩 奇葩 紛葩 幽葩 高枝 繁枝 低枝
橫枝 空枝 殘枝 踈枝 枯枝 樛枝 柔枝 斜枝
新枝 踈柯 新柯 柔柯 新梢 危梢 踈梢 柔梢
斜梢 長梢 新條 深條 雨燕集深條 柔條 脩條 輕條

長條 垂條 昌條 踈條 幽叢 高叢 新叢 深叢
低叢 芳叢 踈叢 新英 芳英 香英 繁英 佳英
殘英 濃英 濃華 新莖 纖莖 深根 盤根 孤根
枯根 新竿 脩竿 踈竿 長竿 新茸 纖茸 新芽
新苞 芳苞 新苗 枯苗

[仄] 嫩花 細花 好花 密花 美花 落花 艷花 嫩葩
細葩 小葩 亂葩 密葩 嫩英 小英 落英 故枝
舊枝 嫩枝 弱枝 細枝 密枝 短枝 老枝 小枝
古枝 老梢 舊梢 小梢 嫩梢 直梢 亂柯 舊柯
嫩條 細條 遠條 舊條 舊叢 小叢 亂叢 密叢
茂叢 嫩叢 細叢 舊根 小根 老根 嫩苞 細苞
嫩竿 密竿 細竿 小芽 嫩芽 細芽 嫩茸 細苗

細莖

[仄] 茂葉 密葉 細葉 小葉（圓荷浮小葉） 敗葉 碎葉 嫩葉
亂葉 舊葉 落葉 老葉 槁葉 細蕚 嫩蕚 密蕚
小蕚 艷蕚 艷蕋 嫩蕋 密蕋 亂蕋 浪蕋 冷蕋
細蕋 直榦 密榦 細榦 老榦 老節 直節 小節
密節 勁節 細朶 細籜 老籜 嫩籜 亂絮 密穗
脆實 斷梗 亂片

[平] 新葉 輕葉 踈葉 枯葉 衰葉 乾葉 殘葉 圓葉
稠葉 香葉（古柏行香葉終經宿鸞鳳） 新蕋 芳蕋 香蕋 踈蕋
繁蕋 奇蕋 新蕚 踈蕚 鮮蕚 飛絮 輕絮 殘絮
新籜 輕籜 脩榦 新榦 繁榦 喬榦 踈榦 輕片
脩蔓 香絮 新果 奇果 佳果 佳實

○花繁葉密十七　上實　下虛　死

平　花繁　花稠　花稀　花多　花濃　花奇　花深　花疎
花芳　花鮮　花夭　花殘　花明　花輕　枝繁　枝低
枝枯　枝疎　枝斜　枝高　枝柔　枝長　梢長　條柔
條輕　叢低　叢芳　叢深　叢疎　根深　根長　竿長
竿柔　葩繁

上去　葉疎　葉稠　葉枯　葉焦　葉殘　葉濃　葉稀　葉圓
葉輕　葉乾　蕋多　蕋芳　蕋繁　蕋疎　萼新　絮輕
絮狂　籜輕　榦新　榦長　節疎　節高　笋高

入　葉密　葉茂　葉嫩　葉細　葉亂　葉潤　葉小　葉敗
葉秀　葉暗　蕋密　蕋小　蕋亂　蕋細　蕋嫩　蕋艶
萼嫩　萼小　萼細　榦密　榦直　餘
節直　絮亂　穗密　實脆　木

上去　花密　花亂　花艶　花碎　花小　花姝　杉老　杉日
枝直　枝槁　枝密　枝嫩　枝弱　枝細　枝軟　枝茂
梢嫩　條細　條軟　條嫩　條弱　條密　葩嫩　葩小
竿密　竿直　叢小　叢茂　叢密　芽小　茸小　根固
根老　秧細　苗槁

○梅開柳發十八　上實　下虛　活

平　梅開　梅殘　梅飄　梅生　梅飛　桃生　桃開　桃飄
橊開　楊垂　荷生　荷凋　荷舒　荷抽　荷開　蓮開
蓮舒　苔生　萍浮　棠開　梧飄　葵荒　蘭開　梨飄
梨開　葵開　秧抽　秧生

上去　柳搖　柳生　柳舒　柳垂　柳凋　柳殘　柳飛　柳榮

桂開 桂飄 菊開 菊殘 菊垂 菊垂今秋花 李垂 李開
竹生 竹垂 竹搖 竹森 麥搖 麥飄 麥收 麥鋪
稻收 藥翻 草生 草抽 草鋪 草萎 荇流 藻生
蘚堆 筍生 木凋 木榮 杏開 杏殘 杏垂
【仄】柳發 柳放 柳裊 柳長 柳敗 柳擺 柳拂 桂吐
杏吐 杏褪 杏熟 菊吐 菊綻 菊暗 菊謝 菊盡
木落 草發 草長 草殞 草滿 麥漲 麥熟 稻熟
筍迸 筍出 桂發 李發 李熟 棗熟 果熟 果落
竹長 竹折
【上平】桃吐 桃發 桃落 桃褪 桃盡 桃放 桃謝 桃熟
桃綻 楓落 梅放 梅破 梅發 梅褪 梅綻 梅吐
梅落 梅謝 榴吐 榴綻 榴噴 榴蹙 荷發 荷展

荷卷 荷迸 荷放 荷敗 荷拆 蓮綻 蓮吐 蓮落
蓮倒 蘭吐 葵吐 棠吐 蒲長 蒲減 蒲發 榆落
松聳 松偃 萍泛 柑熟 桑落 秧出 瓜熟 橙熟

○梅肥竹瘦十九 與後類互用 【上實】【下虛】死

【平】梅肥 梅癯 桃嬌 荷嬌 桃羞 蓮嬌 桃肥
【上仄】柳慵 柳顰 柳眠 筍肥 蕨肥
【仄】竹瘦 竹醉 竹稺 柳困 柳恨 柳茂 柳媚 桂古
桂老 杏醉 菊死 菊傲 菊耐 菊老 草怨
【上平】棠醉 棠睡 桃醉 桃笑 梅瘦 梅老 荷語 棠媚

○花愁葉病二十 【上實】【下虛】死

【平】花愁 花癯 花嬌 花羞 花啼 花酣 花衰
【上仄】葉愁 葉肥 木欣 木僵

【仄】葉病 葉死 木死

【上平】花瘦 花媚 花妒 花卧 花困 花笑 花語 花舞

花醉 花泣 花睡 枝瘦

。松號柳舞二十一 與前二類互用 【上實】【下虛】活

【平】松號 松吟 松遮 松園 苔遮 苔封 苔迷 荷遮

荷擎 蕪荒 花圍 葵傾 苔沿 苔粘 菱穿 花擎

花封 花藏 藤纏 藤牽

【上仄】柳遮 柳穿 柳藏 柳迷 柳牽 竹圍 竹遮 竹藏

筍穿 草迷 草遮 草封 蘚封 蔓纏 葉吟 柳圍

竹橫 筍攢 草穿 草粘 黍離 茹連 蔓延

【仄】柳舞 柳蘸 柳鎖 柳罩 柳暎 柳間 柳亞 竹鎖

竹隱 竹遶 竹護 竹暎 草亞 草暎 草覆

【上平】梅笑 桃笑 松鎖 松隱 松礙 花覆 花鎖 花亞

花暎 花壓（花壓闌干春晝長） 藤刺 藤挂 花繞 苔鎖

榛塞 蘿繞 萍蓋

。穿萍度竹二十二 與溢花拂柳互用 【上虛】活【下實】

【平】穿萍（菱荷） 穿苔 攢苔（筍） 纏松（藤） 依梅（竹）

【上仄】綉苔 點苔（落花） 擁蓮（萍） 隱花（竹） 迸苔（筍） 化萍（楊花化爲萍）

施松（藤） 覆蘋（杜楊花雪落覆白蘋） 暎棠（梅）

【仄】度竹（柳花間斐竹） 暎竹（花） 夾竹（桃） 傍竹（梅） 繞柏 施柏（藤）

【上平】依竹（花） 穿竹（桃） 添竹（筍） 依蘚（落花） 遮柳（杏）

。花開葉落二十三 與梢開柳發互用 【上實】【下虛】活

【平】花開 花舒 花飛 花飄 花翻 花生 花含 花鋪

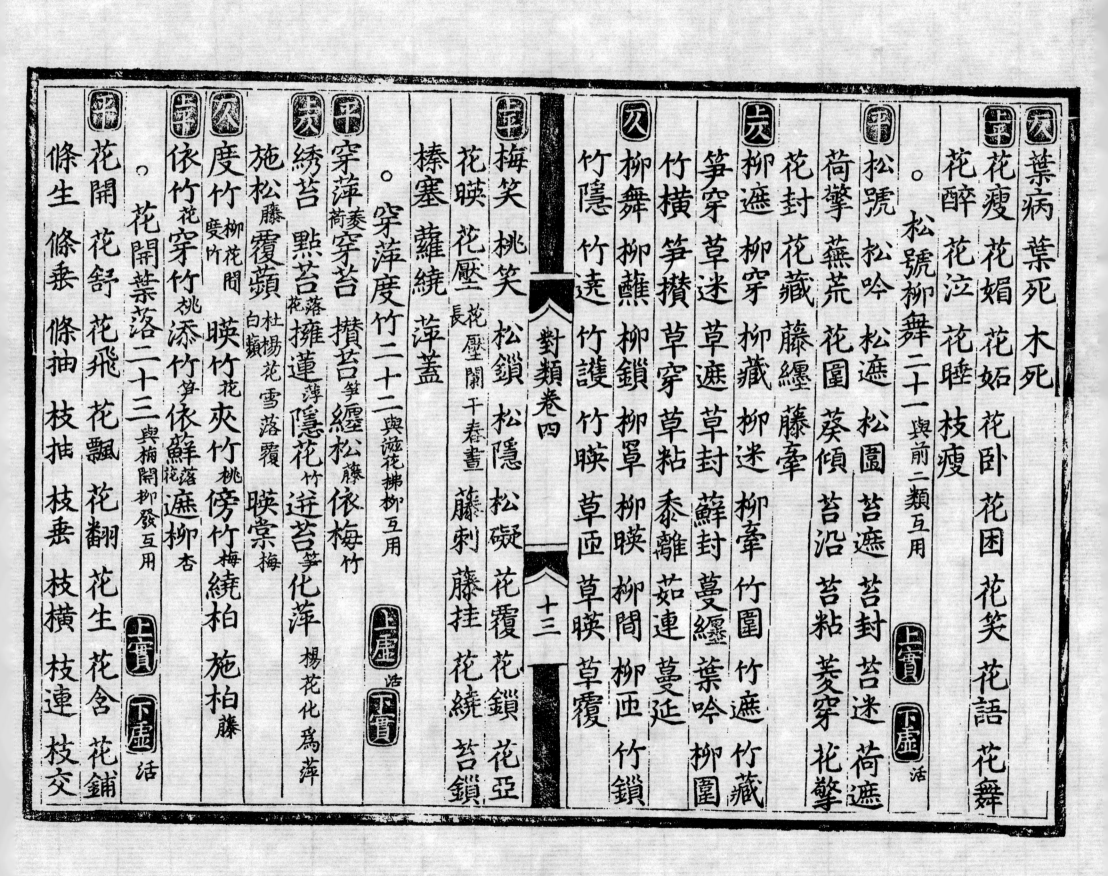

條生 條垂 條抽 枝抽 枝垂 枝橫 枝連 枝交

梢橫　葩舒　英鋪　英殘　竿森　根盤　根連

〔上仄〕葉生　葉舒　葉凋　葉飄　葉飛　葉[illegible]　絮飛　絮飄

蕚開　蕋開　蕋含　籜含　籜翻　葉堆　葉鋪　葉翻

葉交

〔仄〕葉落　葉墜　葉隕　葉舞　葉發　葉展　葉長　葉接

葉積　葉脫　葉綴　蕋綻　蕋吐　蕋放　蕋亞　蕋破

蕚破　蕚綻　蕚拆　蕚吐　蕚放　蕚綴　幹聳　幹立

籜卸　節露　絮舞　絮衮　絮點　子熟　子結　子落

〔平〕花發　花吐　花綻　花暎　花綴　花落　花盡　花褪

花謝　葩綴　葩吐　枝裊　枝放　枝拂　枝亞　枝折

英綴　英綻　竿聳　叢倒　叢發　梢墜　梢長　梢折

梢出

○開花結子二十四

〔平〕開花　舒花　生花　成花　敷花　垂花　飛花　交花

交枝　成枝　生根　生條　生芽　生枝　橫枝　橫梢

垂條　抽條　舒英　鋪英　晬柯　成竿　抽竿　含英

開英　抽芽　垂苞　成叢　盤根　成苗　成林

〔上仄〕吐花　放花　結花　綴花　落花　吐葩　綴英　結英

發條　脫枝　綴枝　亞枝　折枝　出芽　露芽　發芽

發花　發叢　落英　墮枝　綴葩

〔仄〕結子　結實　吐蕋　綻蕋　綴蕋　破蕋　吐蕚　發蕚

破蕚　綻蕚　綴蕚　下葉　舞葉　發葉　捲葉　展葉

脫葉　褪葉　落葉　墜葉　隕葉　舞絮　衮絮　落籜

褪籜　吐穗　迸筍　出筍　綴糝（桃枝綴紅糝）　聳幹

【上平】生子 成子 垂子 生葉 敷葉 抽葉 舒葉 開葉
成葉 飄葉 凋葉 飛葉 鋪葉 翻葉 浮葉 生蕋
含蕋 開蕋 敷蕋 含萼 開萼 含韡 翻韡 抽笋
生笋 含蕾 飛絮 成絮 飄絮 含穎 垂穎 垂實
抽穗 抽榦 森榦 飛片

【天文】○風松露菊二十五 【並實】

【平平】風松 霜松 煙松 霜梧 風梧 煙梧 霜楓 霜蓮
風蓮 霜葭 霜蕪 煙蕪 風荷 風蒲 風蘋 風莎
煙莎 風蘆 煙蘆 風萍（風約半池萍） 風篁 風楊 風蘭
霜筠 霜橙 霜柑 霜蘆 風花 煙花 煙葭
【上入】雪梅 月梅 雨梅 雪松 月松 露松 雨松 露荷
雨荷 雨蕖 露桃 日桃 雨桃 雨苔 雨蒲 露葵

日葵 雪蘆 雪菘 露蘭 月梧 雪葵 雨梧 日蓮
【入入】露菊 雨菊 月桂 露桂 雪柳 雨柳 露草 雨草
雨韭 雪竹 月柳 雨竹 月竹 露竹 露蓼 雨麥
雨杏 日杏 雨蘚
【上平】煙柳 風柳 霜橘 風竹 霜竹 煙竹 霜栢 煙杏
霜菊 煙菊 煙蓼 煙麥 霜蔕 風蔕 煙蔕 風蓼
風荻 煙草 風草 霜草 霜柳 雲竹 風蕙 風篠

○霜根露蕋二十六（與天文門霜花雪絮互用） 【並實】

【平】霜根 風枝 霜枝 風花 風葩 霜葩 煙葩 煙花
煙苞 煙叢 霜叢 霜條 風條 煙條 煙梢 風梢
霜竿 風竿 雲竿 霜皮（古柏行霜皮溜雨四十圍） 霜萁 霜柯
沙茸（沙茸幽小浦） 煙柯 雲梢 煙株

上去 露葩 雪葩 雨葩 雪苞 露枝 雨叢取 雪叢雪岸叢梅發
雪根 雪枝 露苞 露花 雨條 雪竿 雪柯 雪芽
雪梢 月梢 雨花 雪花 露叢
入 露蕋 雨蕋 雪蕋 露萼 雨萼 雪萼 露葉 雨葉
露莢 雨莢 雨籜 雪籜 雪幹 露蔓 雪絮
上平 霜葉 風葉 煙葉 雲葉 風絮 煙絮 霜蕋 風蕋
煙蕋 煙萼 風萼 霜幹 煙幹 風幹 風籜 風木
煙木 雲木 煙穗 霜籜 煙籜 雲幹

○桃霞柳雪二十七 與荷風竹露互用 並實

平 桃霞 楓霞 榴霞 蘆霜秋看蘆花一岸霜 柑霜破柑霜落瓜
瓜霜破瓜霜落刃 槐雲夏槐作雲也 花雲 萍星星浮數點萍 榆煙
梅冰梅花玉骨冰肌

上去 稻雲 稼雲 麥雲 柿霜 柳煙
入 柳雪柳花如雪 李雪李花白如雪 稻雪舂稻雪翻起 絮雪 荻雪
橘霧香橘噴人驚半霧 桂霞王維詩山中有桂花莫待花如霰 麥浪
上平 桃雨 蘆雪 梨雪 柑霧 梅雪 榴火

○紅霞白雪二十八 上平虛 下實

平 紅霞紅霞謂桃花也 紅雲 丹霞花 朱星櫻 黃雲稻麥
上去 綠雲梧桐 紺冰梅 碧煙柳
入 白雪梨花白雪香 絳雪梨花詩風輕絳雪舞罇前 碧雪李 翠浪麥
上平 紅雨落花滿地如紅雨 清霧橘

○蒸霞積雪二十九 上虛活 下實

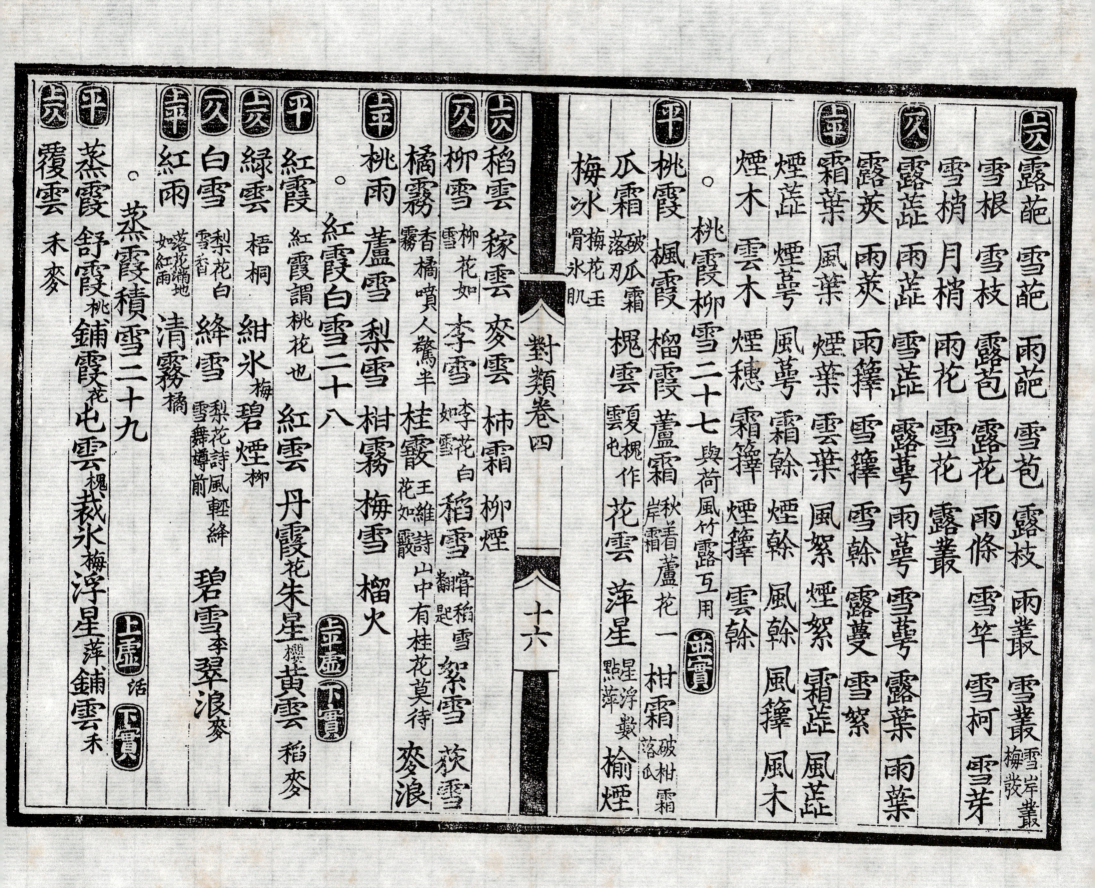

平 蒸霞 舒霞桃 鋪霞花 屯雲槐 裁冰梅 浮星萍 鋪雲禾
上去 覆雲禾麥

仄 積雪李花 翦雪同上 作雪楊花詩漫空作雪飛 舞雪 綴雪 覆雪
戴雪詩暫時花戴雪 噴火榴花如噴火 噴霧 噴雪詩幾度開時聞噴雪
上平 翻雪掌稻雪翻匙 翻浪麥 飛雪柳花
○含煙帶雪三十 上虛 活 下實
平 含煙 和煙 拖煙 繰煙並柳 含霜梅詩凌晨未笑含霜蕊 欺霜
禁霜松柏 隨風 因風柳絮 繰風 縈風 搖風 牽風柳條 翻風
號風松 吟風葉 迎風花 連天芳草連天遠 漫天柳花 參天松柏 侵天
擎天 干雲 干霄 昂霄 凌雲並松 參風 敲風竹 梳風
涵風梧 搓風柳 凝煙草 擎霜菊 經霜 籠煙花柳 凌霜菊 燒空
粘天草 漫空楊花
上仄 傲霜菊殘猶有傲霜枝 待霜橘 護霜橙 負霜松詩負霜見直心
禦霜 冒霜菊 舞風 顫風 嫋風 絆風柳 撼風松竹 戛風

惹風鄭谷詩千絲萬線惹春風 偃風 揖風並草 蔽雲槐 入雲 拂雲
倚雲松 絆煙 帶煙 鎖煙並柳 起煙桑柘起新煙 拂天竹 暎霞
拂煙李詩樓東一株桃枝葉拂青煙 向陽花
仄 帶雪 冒雪 伴雪 亞雪 破雪並梅 傲雪松 暎雪山茶 向日
障日蕉 笑日 暎日並花 醉日桃 照日榴 背日芍藥 蔽日 帶雨
翳日並木 轉日花 濯雨 卧雨 着雨並蕉 顫雨蕉 漬雨苔 濯露
墜雨桂 溜雨杓 拜雨草 戰雨 瀉露並蓮 滴露 泣露
帶露 浥露 醉露並花 綴露草 送月 碍月 漏月 逗月
掃月並竹 暎月 掛月並柳 耀月李
上平 擎雨 翻雨並荷 沾雨苔 翻露 擎露 含露花 晞露草 凝露
傳露 棲露菊 經雪 凌雪松竹 欺雪梅 篩日竹 含日花 遮月
篩月竹 遮日 迎日牡丹 傾日葵 朝日蓮

【拼合】○春桃夏竹三十一

【平】春桃　春梅　冬梅　寒梅　春蘭　秋蘭　秋荷　秋蓮

秋桐　秋梧　秋菰　秋蓴　秋蘋　秋蒲　春蒲　秋楊

秋葭　秋葵　寒蘆　秋蘆　春松　冬松　寒松　秋蔬

寒蔬　春蔬　朝蔬　春蕪　秋蕪　寒蕪　寒楓　春茶

春榆　春瓜　春蓬　秋瓜　春萍　春苔　秋蕖

【上仄】蠟梅　曉桃　曉梅　曉葵　曉蔬　曉桑　曉松　曉菘

曉萍　晚菘　曉楓　曉霜楓葉丹　夏槐　午槐　夏荷

晚荷　曉荷　夏梅　夏榴　臘茶　夏蓮

【仄】夏竹　曉竹　午竹　夏木　早稻　晚稻　夏麥　夏果

歲菊　曉菊　暮草　夏槿　夜韭　夜雨剪春韭　晚菊

暮柳　夏柳

【並實】

【上平】秋菊　寒菊　秋桂　秋蓼　秋蕙　春竹　秋竹　秋草

春草　寒草　春蕨　春萊　春茗　寒藻　春杏　春柳

秋柳　寒柳　春筍　春藥　春韭　春木　寒木　秋葦

秋豪　秋稼　秋蓼　秋稻　冬筍　寒橘　寒菊　秋栗

晨李　桃李鬭晨粧　冬竹　冬橘　春桂　冬柚

○春花夏葉三十二

【平】春花　秋花　寒花　朝花　晨花　春條　秋柯　春英

寒叢　春條　春葩　秋葩　寒葩　秋根　草露滴秋根　春叢

春芽　春枝　寒枝　寒梢　秋梢　寒英　涼柯　寒荄

秋英　菊

【並實】

【上仄】曉花　晚花　曉葩　曉叢　晚叢　午花　曉枝　晚梢

曉梢

曉梢

〔上去〕曉花 晚花 曉葩 曉叢 晚叢 千花 曉枝 晚梢

秋英 菊

春芽 春枝 寒枝 寒梢 秋梢 寒英 涼柯 寒芳

寒叢 春條 春葩 秋葩 寒葩 秋根 秋草根露滴 春叢

〔平〕春花 秋花 寒花 朝花 晨花 春條 秋柯 春英

○春花夏葉三十二 〔並讀〕

晨李 桃李間 晨桂 冬竹 冬橘 春桂 冬柚

秋棗 秋稼 秋蓼 秋稻 冬筍 寒橘 寒菊 秋栗

秋柳 寒柳 春筍 春藥 春韭 春木 寒木 秋草

春草 寒草 春薇 春菜 春茗 寒藻 春杏 春柳

〔上平〕秋菊 寒菊 秋桂 秋蓼 秋蕙 春竹 秋竹 秋草

詩韻卷四　十八

暮柳 夏柳

歲菊 曉菊 暮草 夏槿 夜韭 夜雨剪春韭 晚菊

〔入〕夏竹 曉竹 午竹 夏木 早稻 晚稻 夏麥 夏果

晚荷 曉荷 夏梅 夏稻 臘茶 夏蓮

曉萍 晚菘 曉楓 晴霜楓葉丹 夏槐 午槐 夏荷

〔上去〕蟻梅 曉桃 曉梅 曉葵 曉蘤 曉桑 曉松 曉菘

春榆 春瓜 春蓬 秋瓜 春萍 春苔 秋蕈 春茶

寒蔬 春蔬 朝蔬 春蕪 秋蕪 寒蕪 寒楓 秋蔬

秋葭 秋葵 寒蘆 秋蘆 春松 冬松 寒松 秋楊

秋桐 秋梧 秋菰 秋蕈 秋蘋 秋蒲 春蒲

〔平〕春桃 春梅 冬梅 寒梅 春蘭 秋蘭 秋荷 秋蓮

○春桃夏竹三十一 〔並讀〕

【叚】夏葉 曉葉 曉蕋 晚節尚有黃花晚節香 夏籜夏竹翻新籜
冷蕋梅 晚葉 暮葉 夏實 冷葉花禁冷葉紅
【半實】春葉 秋葉 寒葉 春絮 秋實 秋穗 春幹 春卉
秋卉 春蕋 秋蕋 寒蕋

○松寒竹爽三十三 【上實】【半虛】

【平】松寒 松涼 梅寒 梅清 荷清
【去】竹寒 竹涼 菊滋 草滋
【入】竹爽 竹冷 柳煖 草煖
【字】松冷 楓冷 梅暑

○爭春破臘三十四與迎春送夏互用 【上虛】活【下實】

【平】爭春梅與柳爭春 傳春梅詞腊傳春信 先春梅 搖春 生春 藏春
窺春柳 鬧春 粧春桃李 催春楊花 移春花 燒春薇 知秋葉 凌寒

衝寒並梅 先秋麥 驚秋葉 禁秋菊 傲寒木 生涼竹 吟秋蟲葉吟秋
禁寒栢 經寒草
【去】破春 探春 漏春 占春 放春並柳 冒寒 傲寒松栢 傲秋
傲冬松竹 送春楊花 殿春芍藥 報春梅 睡春棠 霸春桃
【入】破臘梅 待臘柳 報煖 得煖梅 閱歲松 噴夏榴 轉午槐 却暑
滌暑並竹 撼曉楓 縞夜李 受暑荷 耐冷菊 怯冷柳
【字】舒臘柳 偷煖梅 存晚菊 粧晚棠 回煖 催煖梅 烘曉榴 滋夏
明夏草 明夜苔 鬧夜

【地理】○江梅岸柳三十五 【半實】

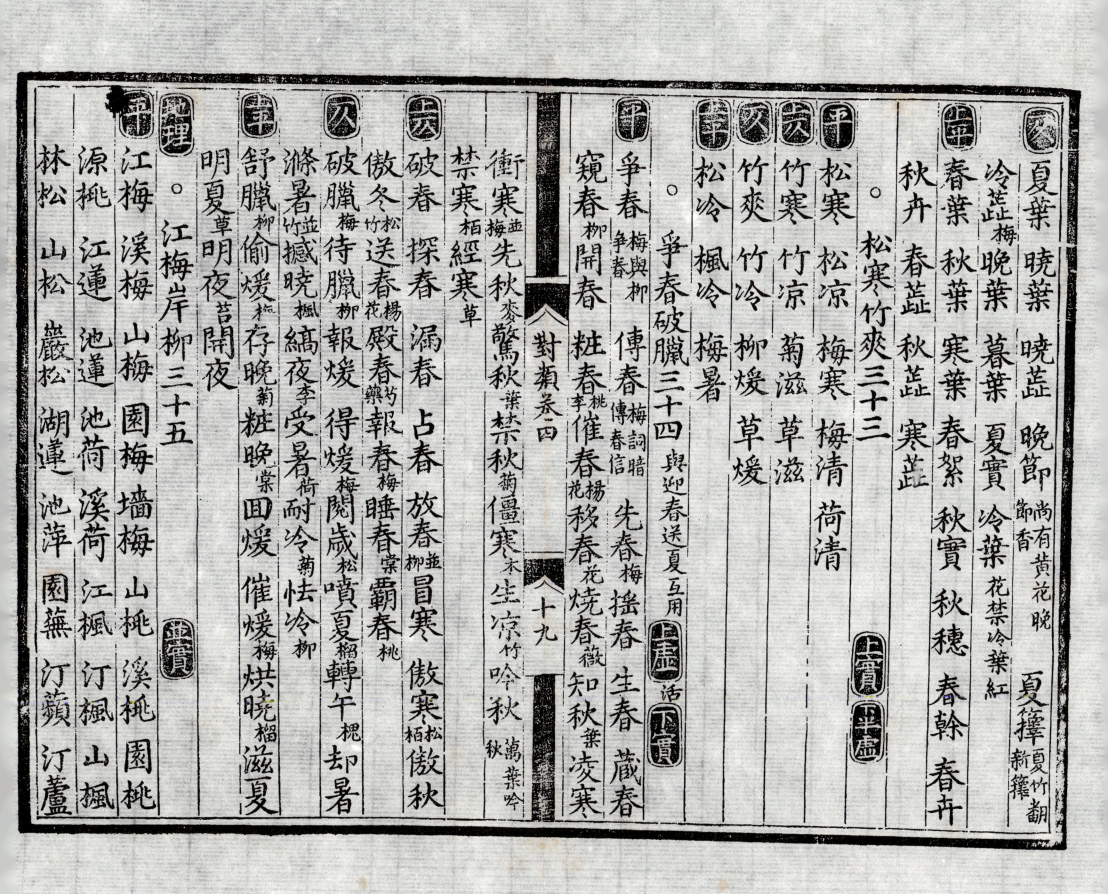

【平】江梅 溪梅 山梅 園梅 墻梅 山桃 溪桃 園桃
源桃 江蓮 池蓮 池荷 溪荷 江楓 汀楓 山楓
林松 山松 巖松 湖蓮 池萍 園蕪 汀蘋 汀蘆

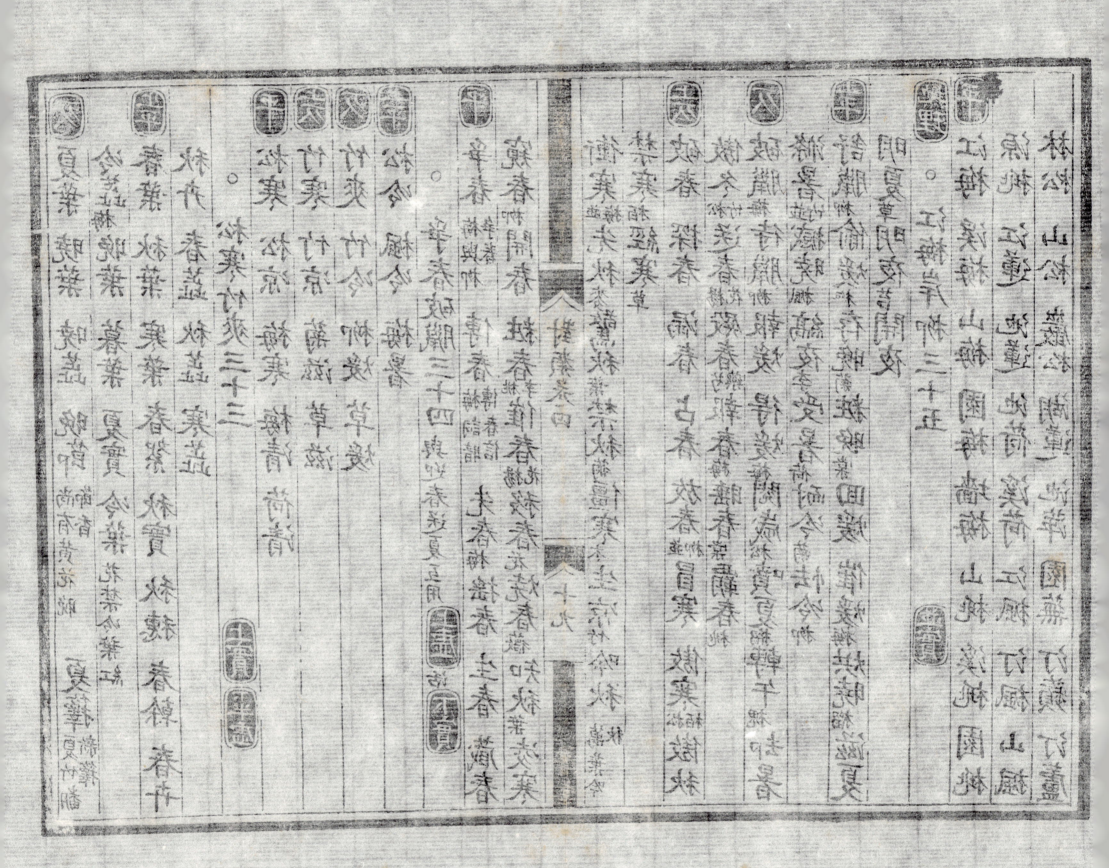

堤楊　汀蒲　沙蒲　園蔬　畦蔬　田禾　山榴　山梨

山樊（山谷詩我愛山樊肌骨清）　汀莎　林桑　城花　汀花　園花

巖花　山花　林花　原花　江花　村桑（一村桑柘煙）

嶺松　徑松　野梅（江路野梅香）　嶺梅　岸梅　園梅　苑梅

隴梅　沼荷　沼蓮　浦蓮　浦藻　沼萍　渚蒲　沼蒲

岸蒲　澤蒲　水花（水花晚色淨蓮花也）　野花　渚花　岸花

路花　園花　井梧　井桐　隴禾　畝蘭　畹蘭　野芹

徑苔　野蔬　岸楊　岸楓　嶺楓　野苔　野棠　野蕪

岸莎　岸蘆　徑蕪　徑莎　野桃　徑桃　苑桃

（入）岸柳　徑柳　塞柳　野柳　巷柳　野菊　徑菊　園菊

野桂　岸蓼　岸草　野草　路草　徑草　塞草　陌草

澗草　水草　水藻　水荇　徑蘚　澗藻　野蔌　隴麥

岸竹　徑竹　野竹　野菜　苑杏　畹蕙

堤柳　湖柳　池柳　津柳　汀柳　江柳　園柳　溪柳

墻杏　園杏　山杏　山果　山桂　園桂　籬菊　園菊

池藕　池藻　溪荇　汀竹　溪竹　江竹　園竹　林竹

坡竹　坡筍　籬筍　林筍　汀蓼　汀葦　園菜　畦菜

田稼　庭草　湖草　湖藕　郊草　池草　園草　溪草

原草　堤草　汀草　邊草　江草　溪藻　城菊　江荻

○山茶石菊三十六　（並實）

（平）山茶　山丹　山礬　山梔　林檎

海棠　蜀棠　水梔　水芝　水仙（白花黄心俗名金盞銀臺）　海榴

石榴　石蓮

石菊　石竹　水栗（菱芡也）

堤楊　汀蒲　沙蒲　園篠　畦蒲　田木　山榴　山茶

山樊（即鄭山谷詩改為山礬）　汀莎　林桑　城花　汀花　園花

巖花　山花　林花　原花　江花　村桑（[illegible]）

嶺松　徑松　野梅（江梅野梅香）　嶺梅　岸梅　園梅　苑梅

隴梅　沼荷　沼蓮　浦蓮　浦藻　沼萍　渚蒲　沼蒲

岸蒲　澤蒲　水花（水芡花也）　色淨蓮　野花　渚花　岸花

路花　園花　井梧　井桐　隴木　東蘭（向陽蘭）　野芹

徑苔　野蘚　岸楊　岸楓　黃楓　野苔　野棠　野薇

岸莎　岸蘆　徑蘚　徑莎　野桃　徑桃　苑桃

野桂　岸蓼　徑柳　岸柳　柳莎　野草　路草　徑草　寒草

澗草　水草　水藻　水荇　徑蘚　澗藻　野蔌　澗麥

對類卷四　二十

岸竹　徑竹　野竹　野菜　苑花　苑杏　陂蘆

堤柳　湖柳　池柳　津柳　汀柳　江柳　園柳　溪柳

墻杏　園杏　山杏　山果　山桂　園桂　籬菊　園菊

池藕　池藻　溪荇　汀竹　溪竹　江竹　園竹　林竹

坡竹　城筍　籬筍　林筍　汀蓼　汀草　園菜　畦菜

田稼　庭草　湖草　湖藕　郊草　池草　園草　溪草

原草　堤草　汀草　遠草　江草　溪藻　坡菊　江荻

○山茶花第三十六

山茶　山丹　山礬　山梔　林檎

海棠　澗藻　水梔　水葵　水仙（金盞銀臺白花黃心）名　海榴

石榴　石蓮　水栗　水梔　水林

石蘭　石竹　水栗　紫薇

【平平】巖桂 天竹

○沿堤貼水三十七 與臨池夾岸五用 【上虛】活 【下實】

【平平】沿堤 臨堤 籠堤 臨池並柳 穿籬 穿沙 穿沙碧淨 迷津

粧林韓盖地百花粧林草 燒林杏 隨波花 沾泥落花 成蹊 浩池

漫山桃李 然山山青花欲然 綷林花 登塲禾

【上仄】繡川花 被堤草 冒池 點溪並荷 拂堤柳 滿蹊桃李 滿園 傍籬

遶籬 出林筍 委泥落花 遶池荇 發池 蔭池 暗汀 蘸池

蔭溝 暎溪 並柳暎波 照池 暎池並蓮 補林 壓籬並竹 委塵

撲池絮

【仄】貼水 覆水荷葉 盖沼 泛水並萍 盖水 韓高荷盖水繁 點水荷 傍水

蘸水並柳 刺水秧 照水並梅 盖地苔 點地 覆地 繡地 落花春繡地

糝徑楊花 暎水蓮 蔓野草 匝岸 夾岸 拂岸並柳 滿地 滿徑

染石苔

【上平】鋪徑 鋪地 堆徑 隨水 浮水落花 封徑 沿地並苔 浮沼

鋪沼並萍 垂岸 依岸 臨岸並柳 堆地 隨浪花 連沼菱 圍野

盈野木 生澗草

【鳥獸】○鳧茨燕麥三十八 【並實】

【平】鳧茨 葉細如龍鬚實如指頭黑色可食 雞蘇 鵝梨 猪苓 蟬花

烏菱 坡詞烏菱白芡不論錢 猪蓴 龜蓴

【上仄】兎葵 鹿葱 馬芹 兎絲 馬蘭 鹿茸

【仄】燕麥 草似燕麥劉禹錫序云兎葵燕麥動搖春風 燕草 狗杞菜

【上平】鶯粟 羊棗 蠶豆 雞距 烏藥 猫竹 猫笋 蜂蜜

○鶯花鳳竹三十九 【並實】

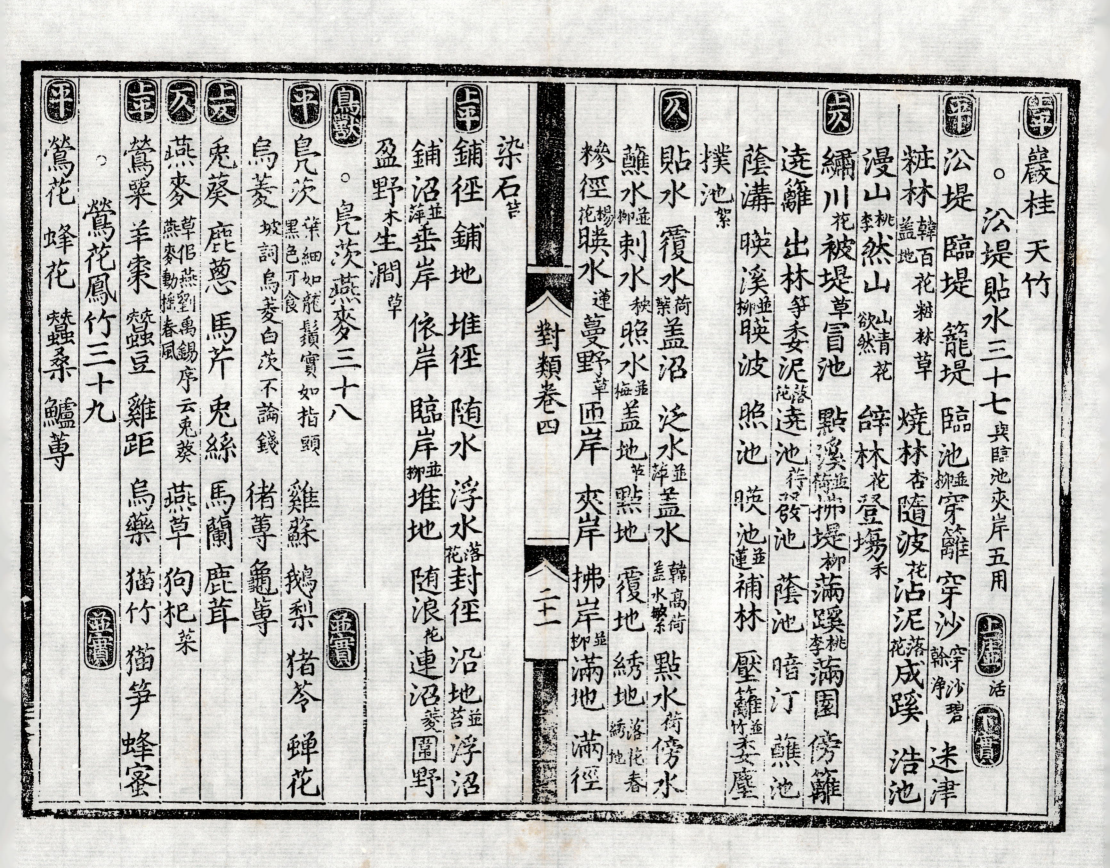

【平】鶯花 蜂花 蠶桑 鱸蓴

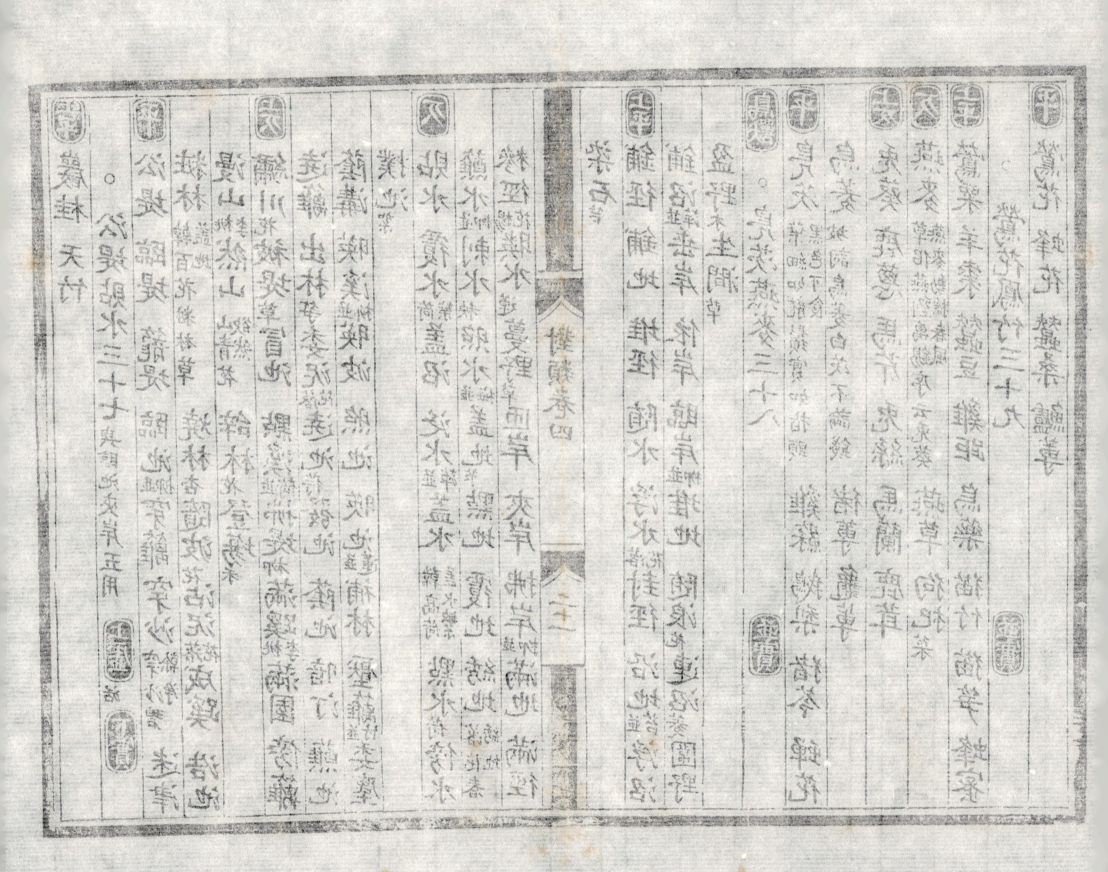

【上仄】鳳梧　鷹蘆　燕芹　蠹芸
【仄】鳳竹
【上平】蠶麥　鶯柳　鶯木　蟬木　猿木　魚藻　螢草　雞黍

○藏鴉宿鳳四十　【上虛】活【下實】

【平】藏鴉（楊柳可藏鴉）　藏鶯（柳）　遷鶯（木）　巢鶯（接葉暗巢鶯）　棲鸞（梧）　潛魚
依魚（並藻）　粘蜂（絮）　鳴蟬（木）
【上仄】咽蟬（坡詞綠槐高柳咽新蟬）　噪蟬（木）　食蠶（桑）　集鸞（松）　宿鸞（柳）
【仄】宿鳳（竹）　宿鷹（蘆）　宿鳥（林）　繫馬（楊）　戀蝶（花）
【上平】驚鳥（古詞金丸落飛鳥謂黃梅也）　棲鳳（竹）　巢鶴　棲鶴（松）

【宮室】○宮梅禁柳四十一　【並實】

【平】宮梅　官梅（杜東閣官梅動詩興）　宮槐　公槐　宸楓　宮桃
宮花

【上仄】省薇　縣花（潘岳河陽一縣花）　禁梅　禁槐　驛梅
【仄】禁柳　御柳　驛柳　省藥
【上平】宮柳　官柳（市橋官柳細）　營柳　官菊　宮葉　宮竹　宮黍
臺柏

○窻梅院竹四十二　【並實】

【平】窻梅　庭梅　亭梅　簷梅　庭梧　庭槐　窻松　階苔
階蓂　堦蘭　庭蘭　庭蕪　庭花　簷花
【上仄】檻花　院花　砌苔　砌蘭　檻桃
【仄】院竹　砌竹　檻竹　壁筍　院菊　檻菊　砌草　砌蘚
榭柳　檻柳　院柳
【上平】窻竹　庭竹　堦竹　軒竹　堂竹　庭柳　堦藥　堦草
堦蘚　庭杏　庭菊　壇杏　門柳　亭竹　窻草　庭桂

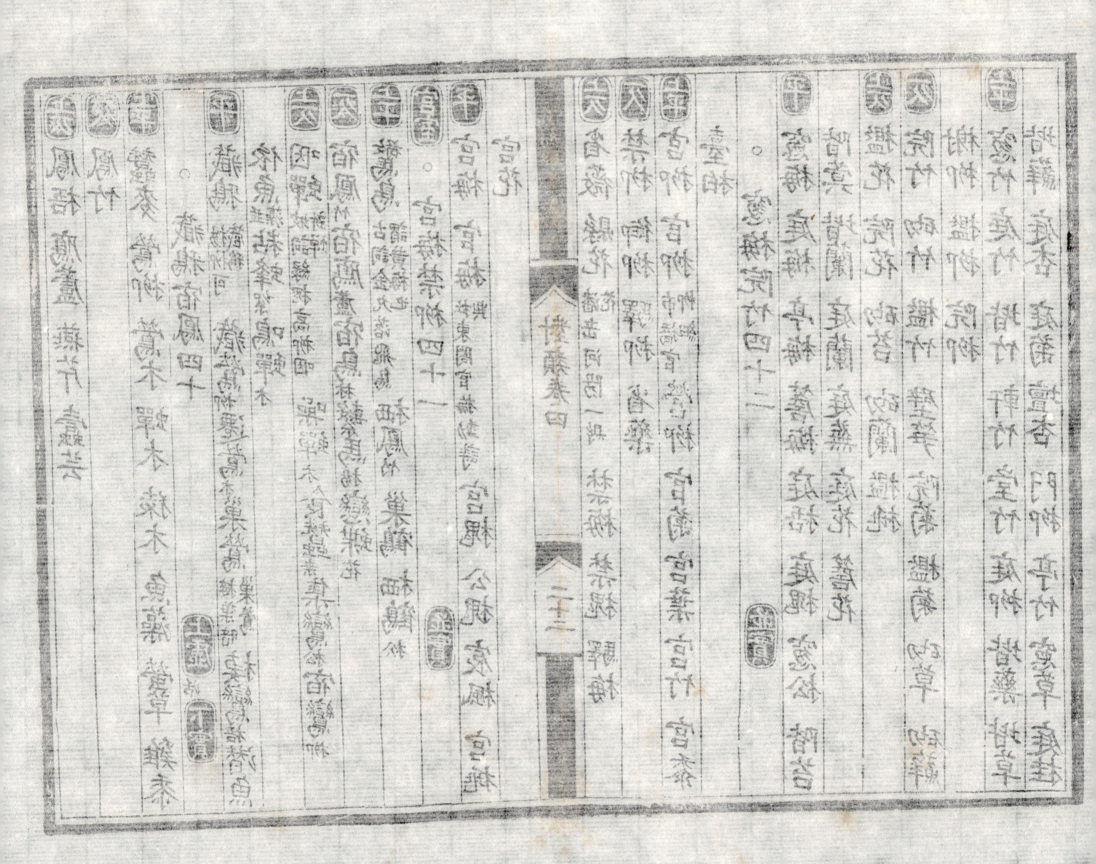

亭柳　堦葉　湖柳　庭蘚　堦筍

○翻堦覆牖四十三　上虛　活　下實

平　翻堦（紅藥當堦翻）　生堦　侵堦　沿堦（草）　堆堦（葉）　橫窗（梅影橫窗）

當軒　依堂　侵簷　依簷（竹木）　盈欄　依欄（花）　生庭（蘭）　齊簷

當門　依樓（柳）

上仄　傍橋　暎窗（柳）　鎖橋（竹）　拂堦（蘭）　遶亭　暎堦（草）　傍墻（梅）　覆墻

遶墻（花）　過墻（竹）　出墻（一枝紅杏出墻來）　被宸（楓）　刺簷（庭中藤刺簷）　倚欄

壓欄　滿城（並花）　入簾（草）　拂簷（柳）　覆簷（松）　遶欄　覆欄（竹藥）　上堦

暎樓（牡丹）

仄　覆牖（竹）　卧檻（柳）　倚檻（梅）　夾砌　上砌　匝砌（並苔）　遶舍（畦蔬遶舍秋）

滿院　滿縣　滿架（並花）　遶屋（樹）

上平　沿砌　臨砌　縈砌（並苔）　依檻　盈檻（花竹）　穿壁（筍）　飛巷（柳花）

縈樹　橫牖（梅）

器用　○荷錢柳線四十四　並實

平　荷錢（杜點溪荷葉疊青錢）　榆錢（杜風榆落小錢）　苔錢　荷盤　荷鈿

荷盃　荷衣（荷為衣蕙為帶）　苔衣　苔裀　松針　松笙　蕉書

蕉旗　茶旗　松釵（長松夜落釵千股）　松琴（松聲）　松絃（松風夜鳴絃）

松簧（踈松奏笙簧）　秧針（新秧出水如針）　蒲茸（新蒲含紫茸）　櫻珠

桐圭　茶鎗（茶初出一鎗一旗）　榴巾　苔絲　蓮簪　蓮房

荷簪（詩姮娥墜玉簪）　荷珠

上仄　柳綿（柳絮白於綿）　草茵　草袍　藕船（開花十丈藕如船）　草茸　橘金

筍簪　麥旗　芰衣　菊金　菊錢　芰裳　柳金　絮毯

藕絲　柳絲

仄　柳線　柳帶（柳條如帶）　柳絮　草帶　草褥　杏錦　柳盖

[illegible] 四十三

[illegible]

卷四

二十三

四十四 荷錢 [illegible]

[illegible]

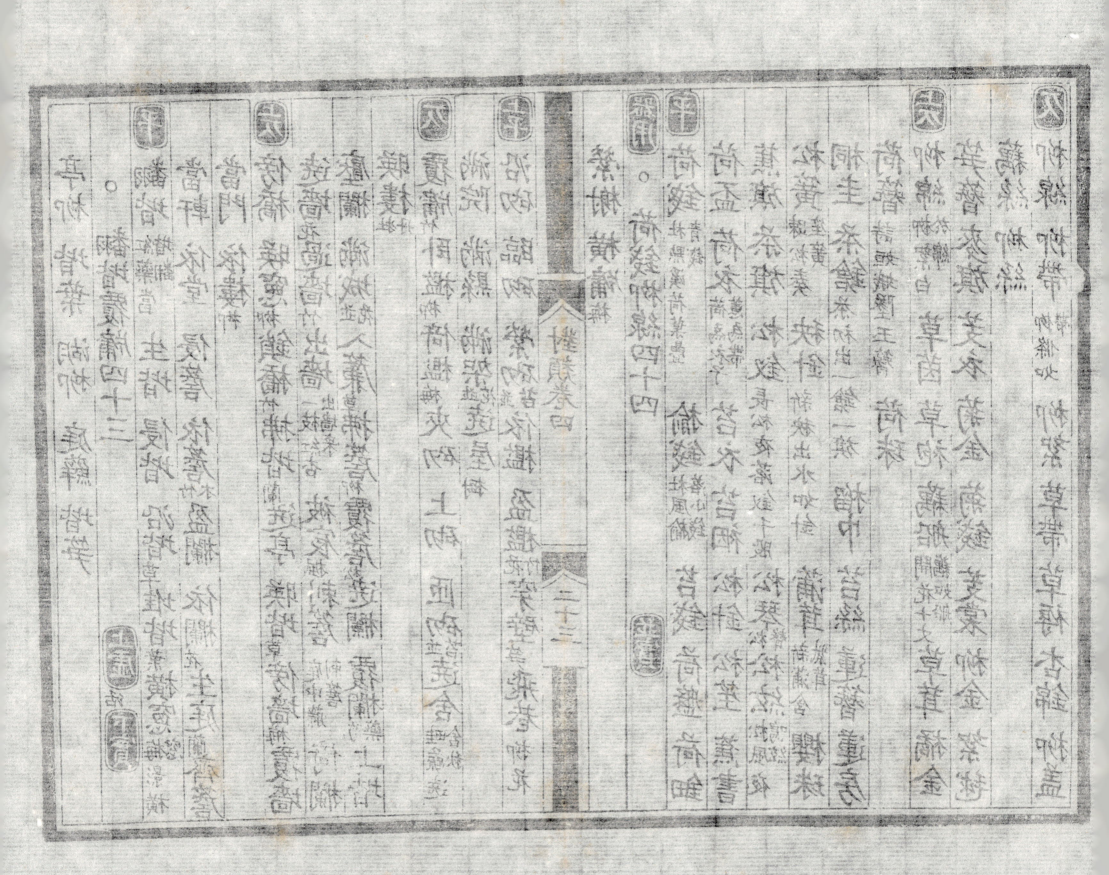

荇帶 水荇牽風翠帶長 蓼麯 蓼花紅如麯 木旆 寒木疊旌旆 葉幄
藕筆 竹珮 竹玉 杏火 麥浪 薤筋
【上平】松蓋 孤松停翠蓋 梅彈 桃錦 桃花紅似錦 桃糝 桃枝綴紅糝 蕉扇
蕉紙 蒲劍 梅粉 梅玉 花錦 榴火 花障 花幄
花糝 花纈 梅豆 桃彈 葵蓋 荷蓋 槐幄

○青錢綠線四十五 【上虛下實】

【平】青錢 荷苔 青絲 柳 紅巾 榴 青茵 草 黃金 柳 青璣 菜 紅幢 蓮 紅衣
青銅 古柏行柯如青銅根如石 藍袍 草 青鈿 荷 青琅 竹 紅珠 櫻桃
青簪 荷
【上仄】白氈 糝徑楊花鋪白氈 綠絲 柳 紫茸 蒲 綠茸 綠茵 並草 紫巾 薇
絳裙 榴 翠旌 蕉 素珠 櫻 碧絲 柳 白綿 柳絮白如綿
【仄】綠線 柳 綠帶 草 綠幄 槐 白羽 蓮 碧玉 綠玉 竹 白玉 梅 綠蓋

碧障 木
【上平】青線 柳 紅粉 蓮 紅纈 桃 青蓋 荷 蒼蓋 松 青褥 草 紅玉 杏 青玉 竹
蒼玉 松 紅錦 桃杏

○金錢翠蓋四十六 【並實】

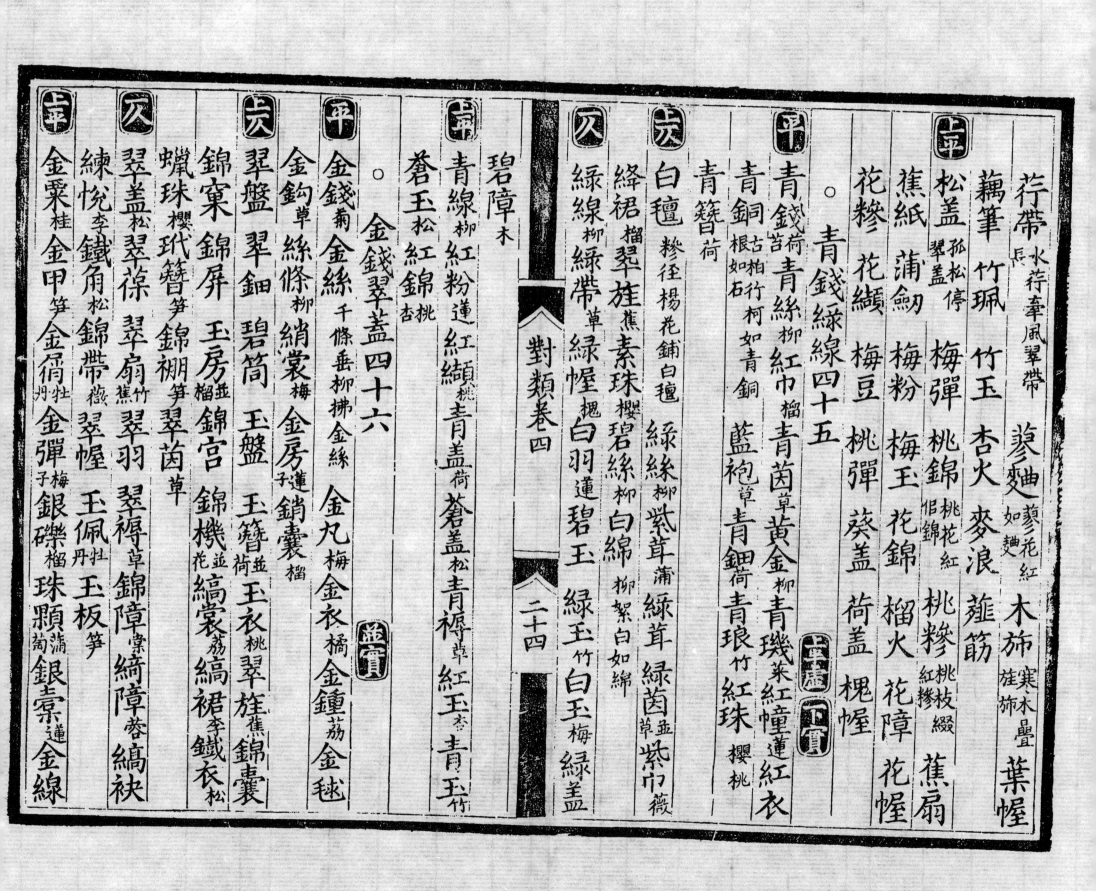

【平】金錢 菊 金絲 千條垂柳拂金絲 金丸 梅 金衣 橘 金鐘 荔 金毬
金鈎 草 絲條 柳 綃裳 梅 金房 蓮子 銷囊 榴
【上仄】翠盤 翠鈿 碧筒 玉盤 玉簪 並荷 玉衣 桃 翠旌 蕉 錦囊
錦窠 錦屏 玉房 並榴 錦宮 錦機 並花 縞裳 荔 縞裙 李 鐵衣 松
蠟珠 櫻 玳簪 筍 錦棚 筍 翠茵 草
【仄】翠蓋 松 翠葆 翠扇 竹蕉 翠羽 翠褥 草 錦障 棠 綺障 蓉 縞袂
練悅 李 鐵角 松 錦帶 薇 翠幄 玉佩 牡丹 玉板 筍
【上平】金粟 桂 金甲 筍 金屑 牡丹 金彈 梅子 銀礫 榴 珠顆 蒲萄 銀臺 蓮 金線

金縷柳

○臙脂錦繡四十七 與珍寶門互用

【平】臙脂 杏花過雨臙脂透 琅玕 詩霜風侵梧桐淨若青琅玕 【並實】琉璃 木葉

【平仄】水晶 瓜

【仄】錦繡 詩風生錦繡香 錦綺 花 琥珀 瑪瑙 並菊 翡翠 青葉

玳瑁 竹

【上平】脂粉 旌旆

○垂絲破玉四十八 與垂金綴玉互用

【平】垂絲 柳 鋪氈 飄綿 飛綿 鋪綿 並柳花 【上虛】活【下實】拖紳 柳條 鋪茵

鋪錢 苔 成茵 舒茵 草 抽簪 荷 飛錢 榆莢 成帷 高蘿成帷幄 篩金

披銀 梅詞乍堆雪而披銀 搖金 柳 鳴絃 松聲 雕瓊 茉莉花

垂金 橘 凝酥 梅詞芳臉凝酥

【平仄】拂絲 裊絲 並柳 漾袍 草 剪綃 花 勝綿 宮花勝綿 敷 滴金 菊 展茵

散金 黃花如散金 疊錢 荷 壓巾 榴 剪圭 桐葉 轉毬 風轉桃花毬

【仄】破玉 梅 剪玉 分明似剪玉裁冰 剪綵 布綺 勝錦 並花 簇錦

拂線 柳 疊旆 木 偃蓋 松 褪粉 梅 散綺 噴火 榴 傅粉 梅

【上平】搓線 弱柳絲絲搓線綠 垂線 柳 擎蓋 舒蓋 張蓋 並荷葉

停蓋 松 成幄 葉 張錦 梅花張素錦 鋪錦 花 粧粉 梅花 垂彈 梅子

飛絮 柳 抽綳 蒲 搖佩 竹 雕翠 蘭 牽帶 垂帶 荇 裁錦 桃

【采色】○青松綠柳四十九

【平】青松 蒼松 青楓 丹楓 青槐 黃槐 【上平虛】【下實】槐花黃舉子忙

黃梧 青篁 青蒻 青梅 青梅如豆 紅桃 紅榴 朱榴

紅梅 紅綻雨肥梅 緋榴 緋桃 紅蓮 青荷 紅蕖 紅萸

紅葉 紅櫻 朱櫻 黃橙 黃柑 黃桑 青蒲 青蕪

青蘋 青萍 青苔 蒼苔 蒼葭 黃粱 白露熟黃粱
青蔬 青秧 青瓜 紅菱 青葵 黃葵 青桐 青榕
青楊 黃楊木名 青莎即香附子草 青蕉 丹芝 彤芝 蒼梧
黃梅 黃蘆

上仄

碧槐 碧梧 絳楓 翠桐 翠篁 絳榴 綠荷 碧荷
翠荷 白蓮 碧蓮 絳桃 碧桃 紫菱 紫萸 綠蕪
翠蕪 綠莎 碧莎 綠荑 翠苔 綠苔 紫苔 白蘋
綠蘋 翠薇 紫薇 紫蘭 碧瓜 紫檀 紫芝 綠葵
碧松 翠梧 綠桑 白梅 絳梅 白楊 翠槐 翠筠
綠筠 白桃 紫茱 紫萍 翠蒲 綠蒲 白榆 綠秧
綠萍 翠萍 翠松 綠楊 綠槐

仄

綠柳 翠柳 碧柳 綠竹 翠竹 紫竹 綠篠 翠篠

綠筍 翠柏 碧檜 綠橘 白菊 紫菊 綠草 翠草
紫草 碧草 綠藻 翠藻 翠荇 碧荇 翠蘚 碧蘚
翠韭 白藕 白蔕 紫荔 碧李 白李 白槿 翠麥
紫菜 紫蕨 紫芰

上平

青柳 黃柳 柳色黃金嫩 蒼柏 青柏 丹桂 黃桂
紅桂 青桂 紅菊 黃菊 紅杏 青杏 丹杏 紅藥
黃橘 青橘 黃柚 青草 黃草 青藻 青荇 蒼蘚
青蘚 青蔕 黃蔕 黃荻 紅棗 丹荔 朱荔 朱李
青李 黃稻 青稼 青麥 黃麥 青果 紅蓼 紅果
青竹 黃竹 斑竹 紅槿 朱槿 青篠 青筍 斑筍
青韭 青艾 紅柿 紅栗 紅蓼 紅荔 青檜 蒼檜

上實 下虛

○橙黃橘綠五十

平 橙黄 槐黄 槐青 松青 松蒼 楓青 楓丹 桃紅
梅青 梅紅 梅黄 榴紅 荷青 蓮紅 秧青 蒲青
萍青 苔青 蕉黄 萸紅 葵紅 茱紅 桂黄 蒲黄
葵黄 櫻朱

上仄 菊黄 桂黄 稻黄 柳黄 柳青 草黄 草青 杏紅
杏青 竹斑 竹青 蓼紅 葦青 葦黄 蘚青 荇青
藻青 桂丹 麥黄 橘青 橘紅 橘黄 荔丹 棗紅
稻青 槿紅 柿紅 檜青 荔紅 柏青 韭黄 藥紅

仄 橘綠 草綠 草翠 草碧 柳碧 柳翠 柳綠 李白
藕白 菊白 韭白 柏翠 柏綠 蘚綠 蘚碧 藻碧
藻綠 荇綠 蔕白 薤白 麥綠 蕨紫 竹綠 竹翠
檜綠 荔紫 芰紫

上平 梨白 薇紫 荷綠 荷碧 菱紫 茱紫 苔綠 梅白
蘋白 蓮白 蓮碧 秧綠 苔碧 楓赤 蒲綠 槐綠
蘭紫 桑綠 芹白 萍白

○紅花綠葉五十一 上虛 下實

平 紅花 黄花 黄華菊 朱華 朱華冒綠池 紅英 黄英 青英
紅葩 丹葩 朱葩 黄葩 青苞 黄苞 柏青條 蒼條
青枝 蒼枝 青梢 青柯 青叢 蒼竿 青竿 紅芽
黄芽 蒼根松 紅苞 青芷 青莖

上仄 白花 紫花 紫英 絳英 綠英 素英 翠英 綠葩
素葩 絳葩 綠條 綠枝 綠梢 綠柯 綠竿 粉竿
粉梢 翠梢 紫茸 新蒲含紫茸 碧茸 綠茸 翠茸 紫芽
綠芽 白茅 綠莖 紫莖 秋蘭綠葉紫莖 翠莖 白華

白芷　紫苞　緑房　翠房　緑叢　紫芷　白葩　白芽
素花　翠條
〔仄〕緑葉　赤葉　翠葉　碧葉　緑蕋　紫蕋　素蕋　緑萼
紫萼　素萼　粉萼　緑韡　粉韡　白絮　緑榦　翠榦
碧榦　緑柄　碧實　紫角　緑帶　絳葉　絳蕋　絳萼
緑蔓　翠蔓　紫蔓　粉絮　緑穎　赤實　紫葯　緑穗
紫穗　紫殻
〔上平〕紅葉　黄葉　丹葉　青葉　蒼葉　紅蕋　丹蕋　紅萼
青萼　丹萼　黄萼　紅糝　紅穗　黄穗　青穗　朱實
丹實　黄實　青子　紅顆　青顆　黄顆　青榦　蒼榦
青柄　青節　青帶　青蔓　斑韡　紅粒　青蕋　青葯
青蒻　朱顆

○花紅葉緑五十二
〔下平〕花紅　花黄　英紅　葩紅　枝青　梢青　條青　竿青
茸青　芽青　叢青　葩黄
〔上仄〕蕋紅　蕋黄　萼紅　糝紅　葉青　葉紅　葉黄　葉丹
韡青　韡斑　榦青　帶紅　帶青　笋斑　穗紅　粒紅
〔仄〕葉緑　葉翠　葉碧　蕋白　蕋紫　萼紫　萼白　絮白
榦緑　榦碧　笋緑　萼緑　韡緑　穗緑　葉赤　帶紫
帶緑
〔上平〕花白　花紫　枝緑　竿緑　梢碧　枝碧　梢緑　條緑
條翠　叢緑　叢翠　叢碧　英紫　芽白 渚蒲芽白水荇青
苞紫　莖緑　葩白

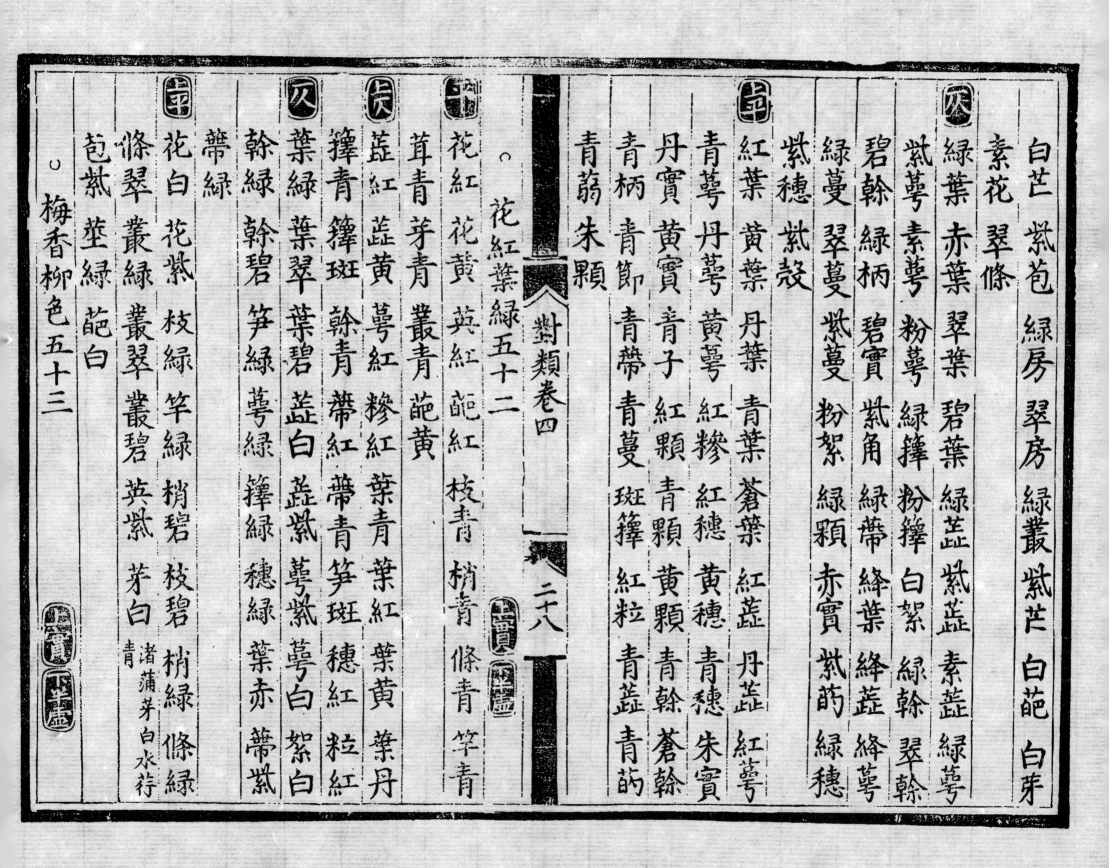

○梅香柳色五十三

【平】梅香　梅陰　蘭香　荷香　蓮香　花香　花顏　芸香
蒲香　芹香　蓴香　橙香　茶香　瓜香　松聲　荷聲
桐聲　松陰　槐陰　棠陰　花陰　桑陰　花光　花期
花容　苔紋　苔痕　蘭馨　桐陰
【去】桂香　蕙香　菊香　杏香　草香　芰香　桂陰　竹陰
柳陰　木陰　草光　竹光　柳容　蘚痕　樹陰　樹聲
竹聲　葉聲
【入】柳色　草色　柳影　竹影　檜影　桂影　柳蔭　竹色
竹韻　桂馥　蘚暈　梓蔭　樾蔭　竹蔭
【上】梅影　松影　槐影　桐影　花影　花色　花艷　花氣
槐蔭　花蔭　花信　花事　花忌　桃色　苔暈　花陰
篁韻（風篁成韻）　蘭臭（其臭如蘭）　松蔭　松韻　松響

○金蓮錦李五十四　並實
【平】金蓮　金桃　金梅　金芝　金櫻　金柑　金橙　金錢
金沙　圭桐　朱櫻　銀瓜　金瓜
【去】玉梅　錦葵　玉簪　玉芝　錦桃　玉蓮
【入】錦李　玉李　寶穡　玉茗　玉筍　玉竹　玉桂
【上】金柳　絲柳　綿柳　銀竹（箸溜）　金橘　金鳳　瑞草　瓊草
銀杏　金菊　簪筍
○金英玉葉五十五　並實
【平】金英　瓊英　金華（菊）　瓊葩　瑤葩　瑤花　瓊花　金枝
瑤枝　珠英　金花　金莖　珠花　瓊枝（瓊枝消瘦有如無）
金苞　金團
【去】玉英　玉枝　玉條（一剪寒梅白玉條）　玉葩　粉葩　綵花

蠟英 錦英 蠟葩 錦葩

[仄] 玉葉 玉瓣 玉蕋 蠟蕋 粉蕋 錦蕋 錦韡 蠟蔕

玉顆 玉粒(米) 玉筱 玉節 粉節(竹)

金實 珠顆

[平] 瓊蕋 珠蕋 金蕋 金粟 瓊萼 金萼 縹殼(荔子) 珠粟

[上虛 活 下實]

[飲食] ○和羹止渴五十六

[平] 和羹 調羹(並梅) 沾衣(花) 隨袍(草)

[仄] 插萸(茱萸)

[仄] 止渴 薦酒(梅) 泛酒(茱菊) 插帽 煮酒(杏) 綴席(茱萸)

[平] 簪帽(花) 粘(推絮)

[人物] ○吳楓楚柳五十七 [並實]

[平] 吳楓 陶松 秦松 莊椿 潘花(潘岳為河陽縣令滿縣栽桃李花)

[仄] 燕椿 堯莢 商梅 商芝 周禾 唐禾 蟠桃 堯蓂

[平] 謝蘭(晉謝玄傳芝蘭欲其生于庭階) 楚萍 蜀棠 召棠 庾梅 魯芹

宋苗 漢芝 夏松 陸茶 傅梅 謝芝

[仄] 楚柳 灞柳 楚竹 渭竹 竇桂 郄桂 禹柏 舜木

禹稼 孔杏 蜀柏 宋木

[上平] 陶菊 陶柳 隋柳 燕桂 詵桂 淇竹 湘竹 周栗

周栗 燕黍 堯莢 殷柏 秦木 周芑 周黍 梁粟

豳稻

○梅兄竹友五十八 [並實]

[平] 梅兄(詩山礬是弟梅是兄) 梅仙 梅魁 花魁(梅) 花王(牡丹) 花神

花翁 花仙(海棠) 蘭孫 荷郎 棠妃 蓮妃 松公

[上仄] 竹君(竹曰此君) 竹孫(筍) 橘奴(橘千頭號木奴) 荔奴 菜孫

笋師（竹譜笋曰玉板師）　棣兄（棠棣燕兄弟也）　豆奴　木奴

桂娥

【仄】竹友（松竹梅曰歲寒三友）　竹子　桂子　柏子　荔子　杏子

菊婢（金鳳）　竹稃　橘叟　橘子　李子　笋稃

【上平】橙子　柑子　蓮子　蘭友　蘭族　蘭伯　礬弟　松子

花后（牡丹）　梅弟（山礬）　梅子　梅友　梅父　松友

○佳人稚子五十九　【上虛】【下實】

【平】佳人（綠盖佳人紅粉面）　蒼官（柏）　嬰兒（駢頭玉嬰兒）

【上仄】醉妃　睡妃（海棠）　酪奴（茶）　大夫（松）　此君（竹）

【仄】稚子（笋）　淨友（蓮）　韻友　姹婦（蓮）

【上平】仙友（桂）　名友（棠）　雲子（飯抄雲子白）　君子（竹）

○愁人送客六十　【上虛】活【下實】

【平】愁人（杜風飄萬點正愁人）　牽人　薰人　撩人　迷人

【上仄】嚬人　縈人（詞柳條如線縈人不得）　惱人　動人　笑人（花）

【仄】送客（岸花飛送客）

【上平】愁客（詩江頭赤葉楓愁客）　留客（杜茶瓜留客遲）

【人事】○栽梅種柳六十一（與時令鑽楓泛菊互用）　【上虛】活【下實】

【平】栽梅　尋梅　移梅　栽桃　看桃　偷桃　投桃　栽松

開松　封松　觀禾　栽禾　栽桑　條桑　觀梅　分瓜

嘗瓜　思蓴　思瓜　分柑（洞庭柑熟客分金）　栽蓮　芸苗　燃薪

披荊　烹葵（詩七月烹葵）

【上仄】探梅　折梅　愛梅　寄梅　作梅　種梅　望梅　賞梅

種桃　折桃　摘桃　佩蘭　浴蘭　種蘭　握蘭　採蓮

步蓮　泛蓮　破瓜　種瓜　獻瓜　食瓜　采芹　羮芹

効芹 献芹（野人食芹欲献天子） 採桑 伐桑 采花 食薇
采茶 碾茶 摘茶 臥薪 抱薪 賣薪 負薪 采薪
泛蒲 掛蒲 采槐 種槐 植槐 負芻 牧芻 挿秧
種秧 采芝 茹芝 折芝 助苗 食苗 刈禾 割禾
采蘋 采菱 采芍 采萍 破柑 摘蔬（摘我園中蔬） 灌蔬
剪桐 負荆 愛蓮

【仄】種柳 折柳 挿柳 問柳 緝柳 種竹 愛竹 破竹
倚竹（日暮倚脩竹） 接竹 剖竹 伐竹（伐竹開荒徑） 斫竹 采菊
折菊 賞菊 泛菊 種菊 折桂 斫桂 種杏 摘杏
食李 摘李 去草 鬬草 剪草 穫稻 刈稻 種稻
食稻 剪栢 種栢 刈麥 種麥 學稼 請稼 采藻
品藻 献果 賜果 煮豆（選：煮豆然豆萁） 種豆（種豆南山下）

采蕨 采芑 采菲 負米 剥棗 斸藥 採藥 植蕙
剪韭（夜雨剪春韭） 釋菜 拔木 伐木 食筍

【上平】沉李 投李 分橘 懷橘（陸績懷橘） 栽竹 移竹 園竹
脩竹 隨柳（傍花隨柳過前川） 看柳 栽柳 攀桂 延桂
栽菊 飡菊 栽杏 栽栢 舂粟 移粟 燒筍 看筍
嘗麥 登麥 眠草（醉眠芳草） 焚草 烹蔬 鋤豆 嘗稻
觀稼

○分茅視草六十二

【平】分茅（封建） 傾葵（事君） 宣麻（學士） 依蓮（慎官） 持荷（侍從） 哦松（縣丞） 栽花（縣令） 編蒲

【夫】植花（縣令） 判花（中書） 探花（狀元） 剪桐（封建） 伏蒲（諫官） 采芹（大夫） 夢松（三公） 執柯
伐柯 議槐（三公） 踏槐（赴舉） 拔茅（舉賢） 種花（令） 植槐（相）

【仄】視草（學士） 種柳（縣令） 列栢（大夫） 破竹（兵威） 折桂（及第） 擢桂 拔萃（選舉） 刻木

仗節(奉使) 拾芥(取青紫) 納粟(買官) 剖竹(太守) 汗竹 種菊(令) 夢草(詩) 伐木

入粟

[上平] 攀桂(及第) 棲棘(主簿) 焚草(大夫) 鋤草 連茹(薦賢)

。栽花採葉六十三 與前並互用 [上虛活 下實]

[平] 栽花 尋花 攀花 觀花 澆花 移花 培花 隨花

吟花 看花 簪花 粘花 舒華 攲華 含英 攀條

飡英(選 飡秋菊之落英) 刪枝

[上仄] 賞花 剪花 買花 摘花 探花 折花 插花 看花

惜花(惜花春起早) 賣花 掃花 踏花 弄花 灌花 戴花

坐花 入花 阻華 折枝 擷英 傍花 問花

[仄] 採葉 摘葉 掃葉 嗅蕋 咀蕋 摘蕋 看蕋 拾穗

食實 鬭葉 剪葉

[上平] 飡蕋 除蔓 尋蕋 掇蕋 題葉

[身體] 。雞頭鴨脚六十四 [並實]

[平] 雞頭 雞冠 雞心 龍鬚 龍鬍 龍鱗 龍牙 龍涎

麞牙 蛇鱗 羊蹄 烏頭

[上仄] 馬蹄 鹿心 象牙

[仄] 鴨脚 雀舌 馬乳 兎目 鹿角 鳳尾(竹) 虎爪(豆) 狗尾

麈尾 鼠耳(草)

[上平] 虬角 雞距(果) 龍骨 龍眼 龍目 雞舌(茶) 牛膝 龍膽

。桃腮杏臉六十五 與蘭姿蕙性互用 [並實]

[平] 桃腮 桃唇 梅腮 梨腮 松髯 松齡 松標 松心

松脂 椿齡 椿年 蕉心 蘭心 蘭姿 蘭芽 茶芽

蒲芽 萍蹤 蓮姿 梅莊 櫻唇 芹誠 芝眉

【去仄】柳眉 柳腰 白詩楊柳小蠻腰 粟肌 古詩衣薄肌生粟 蕨拳
蕨芽 筍芽 麥鬚 草頭 菜頭 菜心 杏腮
【仄】杏臉 杏面 杏頰 柳眼 柳耳 韓添柳耳雨多 芡黴 韓風能折芡黴
竹淚 竹節 竹操 蕙性 筍楷 梗迹 木耳 瓠齒
【上平】桃頰 桃臉 蓮臉 蓮步 葱脂 蓮肉 梅頰 梅臉
榴齒 荷背 梅額 蓬鬢 茶舌 桑目 松節 松髮
苔髮 蓉面 櫻口 檀口 蒲質 萍迹 荑手 詩手如柔荑
蓬首 詩首如飛蓬

○花心葉頂六十六 與前互用

【平】花心 花頭 花鬚 花容 花顏 花姿 枝頭 梢頭 【並實】
【去仄】樹頭
【仄】葉頂 樹頂 樹尾 葉面 葉背 樹背

【上平】枝尾 梢尾 花面 花貌 花靨 花臉 花頂

○齊腰照眼六十七 【上虛】活【下實】

【平】齊腰 草 薰眸 侵眸 花
【去仄】揷頭 九月九日以茱萸揷頭辟惡 滿身 斷腸 梅花一枝空斷腸
滿頭 詩菊花須揷滿頭歸
【仄】照眼 五月榴花照眼明 近眼 笑時花近眼 撲面 撲鼻 入眼
暎面 花 滿眼 刺眼 濺齒 梅子流酸濺齒牙 動興 詩官梅動詩興
繫臂 九月九日以絳囊盛茱萸繫臂 落爪 破柑霜落爪 點額
【上平】薰眼 桃花薰眼醉 經眼 盈眼 盈握 隨意 庭草無人隨意綠
驚眼 粧額 並梅 生腹 松

○忘憂解語六十八 【上虛】【下半實】

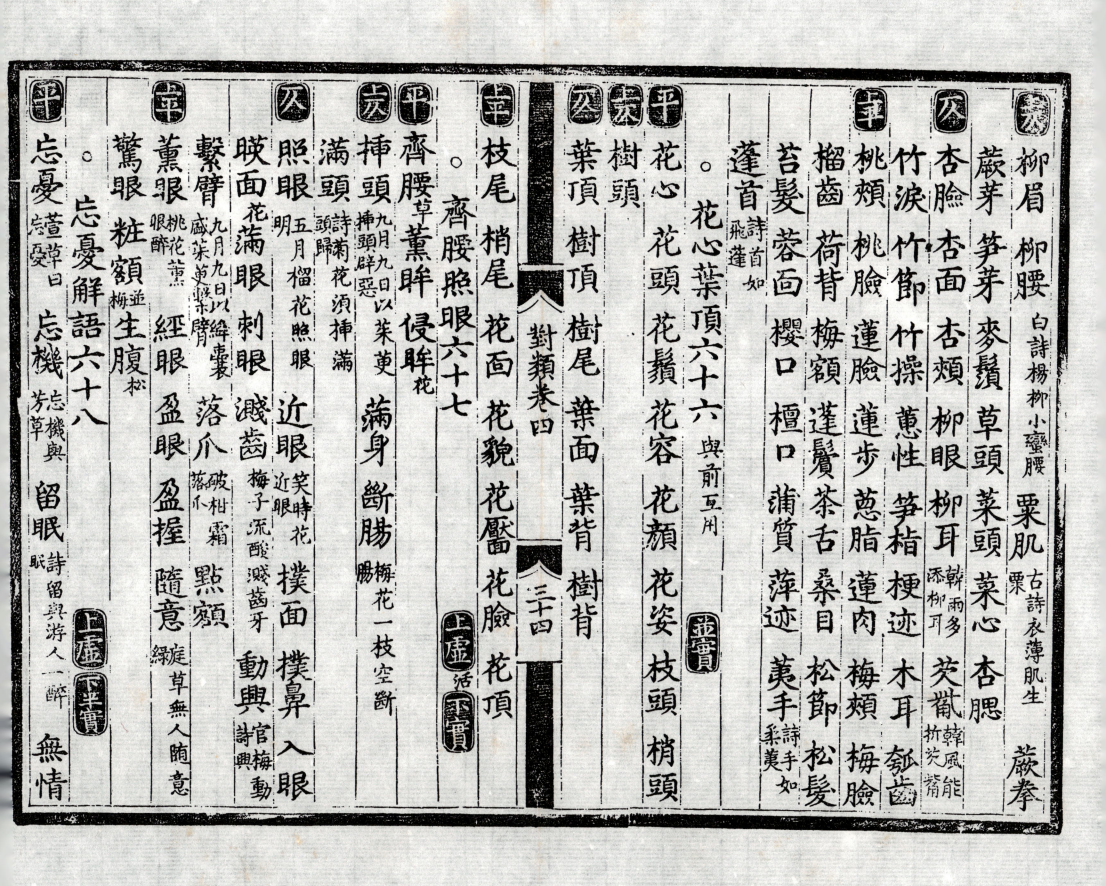

【平】忘憂 萱草曰忘憂 忘機 忘機與芳草 留眠 詩留與游人一醉眠 無情

無名（無名江上草） 無言（桃李無言）
【去】助嬌（桃花） 不言 有情（杜落絮遊絲別有情）
【入】解語（明皇與貴妃共賞千葉蓮花，帝曰何如此解語花） 欲語（荷花嬌欲語） 繫別 學舞
有思（披拂花詞思量却是無情有思） 送別 索笑（杜巡簷索共梅花笑）
【上平】銷恨（千葉桃開明皇曰此花亦能銷恨） 含笑 無思（楊花榆莢無情思）
無主（杜桃花一簇開無主）

○天香國色六十九

【平】天香（桂巖桂） 冰肌（雪態冰肌出短墻） 冰姿（梅） 天芬 天葩 〔上實 下半虛〕
【去】玉容（梨） 國香（蘭） 佛香
【入】國色 雪種 國寶 國艷 雪態 玉骨
【上平】仙種（桂） 仙液 仙艷 仙品

○清標勁色七十 〔上虛 死 下半實〕

【平】清標 芳姿 嬌姿 幽姿 纖腰（柳） 酡顏（牡） 嬌容 芳容
孤標 剛容（松） 香腮 剛姿 清姿 香姿 輕腰
【去】正心（正心終不移） 茂姿 冶容 舊容 艷容
【入】勁色（松） 醉色 艷色 麗色 艷態 媚態 膩體（牡丹） 勁節
晚節（並松竹） 勁操（松） 淑態 雅態
【上平】芳臉 香臉 酡色 嬌態 堅節（竹） 堅操（松柏竹）

○無香有色七十一 〔上虛 死 下半實〕

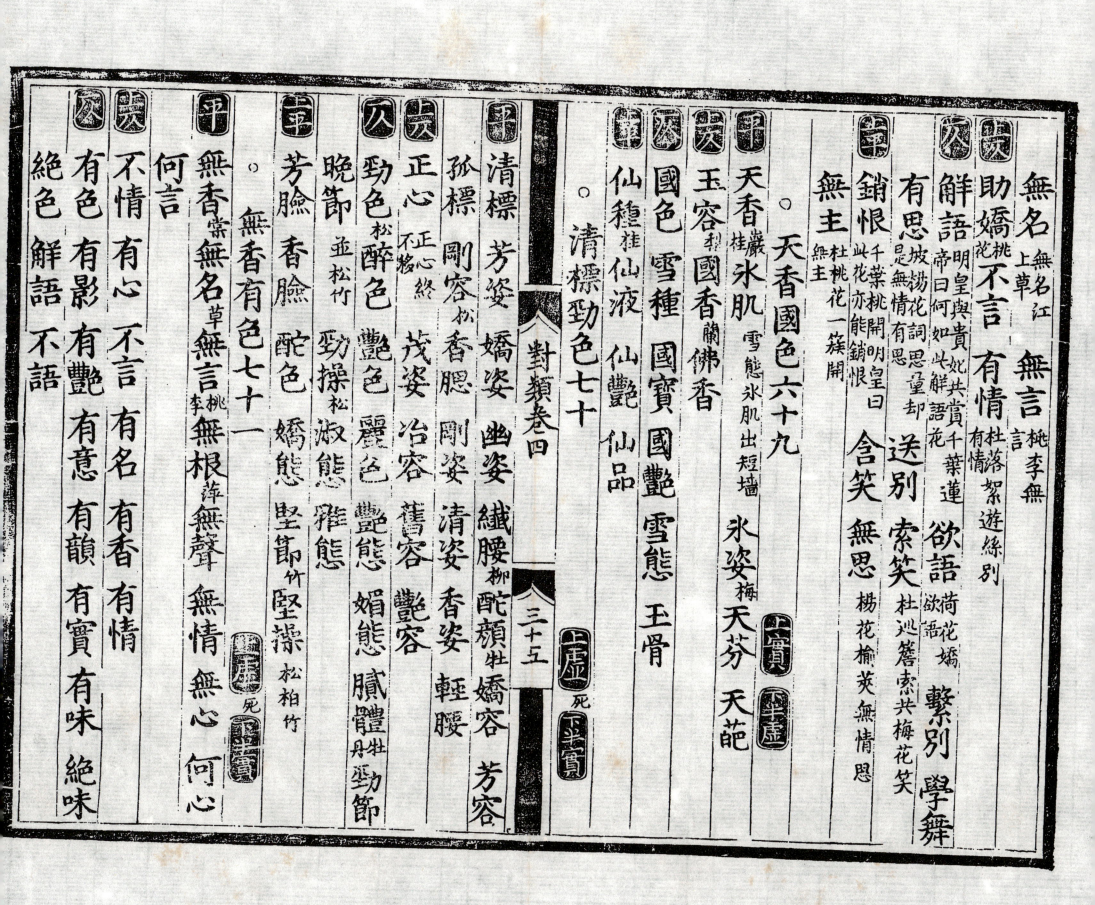

【平】無香（棠） 無名（草） 無言（桃李） 無根（萍） 無聲 無情 無心 何心
何言
【去】不情 有心 不言 有名 有香 有情
【入】有色 有影 有艷 有意 有韻 有實 有味 絕味
絕色 解語 不語

【上平】無色 無意 何意 無主 無語 無寐 無影 無味

○梅邊柳上七十二

【平】梅邊 松邊 松間 荷中 麻中 桑間 桑中 荷邊

【上仄】柳邊 柳中 草邊 柳間 竹間 竹邊 竹前 竹中 【上實】【下平虛】

桂邊 草中 草間 草頭 橘中

【仄】柳上 柳外 柳下 柳內 草上 草際（風光草際浮） 草裏

草內 竹裏 竹內 竹下 竹畔 竹外（竹外一枝斜更好）

竹上 李下（李下不整冠）

【上平】荷上 荷裏 萍下 梅畔 梅裏 松裏 松上 箬上

蘋末（風起青蘋末） 松畔 松外 松下 荷畔

○花前葉上七十三

【平】花前 花間 花中 花邊 枝頭 枝間 竿頭 梢頭 【上實】【下平虛】

叢中 叢邊 叢間 枝邊

【上仄】葉中 葉間 葉邊 蕊頭 蕊間 蕊中 蕊邊 萼邊

【仄】葉上 葉下 葉內 葉外 葉底 葉裏 葉畔 蕊上

樹上 樹下 樹末 樹杪 萼上 蕊裏

【上平】花裏 花底 花下 花外 枝上 枝下 枝畔 枝外

枝裏 梢上 梢末 枝杪 竿表 叢裏 叢下 花畔

花上 花際 枝末

○香中影裏七十四

【平】香中 香邊 陰中 陰間 深中 光中 澄中 【並平】【虛實】

【上仄】影中 影邊 影間 色中 影前

【仄】影裏 影底 影畔 影際 影下 影外 艷外 艷裏

【上平】香底 香裏 陰裏 聲裏 香外 香處 陰處

○清香秀色七十五 上虛 死 下實

〔平〕清香 幽香 餘香 徽香 繁香 濃香 清芬 奇芬

餘芬 芳馨 餘馨 徽馨 新芳 幽芳 孤芳 濃芳

殘香 餘香 清陰 濃陰 繁陰 踈陰 層陰 輕陰

新粧 濃粧 濃華 清音

〔上仄〕遠香 舊香 暗香 暗香浮動月黄昏 妙香 細香 古香

異香 密陰 碎陰 亂陰 薄陰 舊痕 細聲 碎聲

靚粧 桃李靚晨粧

〔仄〕秀色 媚色 碎影 亂影 密影 瘦影 淡影 密陰

暖艷 冷艷 賸馥 秀氣 艷質 雅韻

〔上平〕清影 斜影 濃影 繁蔭 踈影 梅詩踈影横斜水清淺 濃蔭

清闕竹 濃艷 佳色 幽色 柔色 芳意 清馥 奇馥

濃馥 妖艷 濃艷 幽艷 清韻 餘韻 清蔭

○香清色秀七十六 與香浮影散互用 上實 下虛 死

〔平〕香清 香幽 香濃 陰濃 陰踈 陰繁 陰清 陰凉

陰重 芬清 聲輕 聲清

〔上仄〕影斜 影横 影踈 影清 色鮮 色新 色濃 蔭濃

色衰 韻清 味清 味甘 味酸

〔仄〕色秀 色艷 色媚 色潤 色麗 色淡 色瑩 影瘦

影密 影亂 影碎 影淡 節勁 馥遠 味美 味苦

味薄 韻響 韻美

〔上平〕陰密 陰静 陰淡 聲細 香細 香遠

○香浮影散七十七 上實 下虛 活

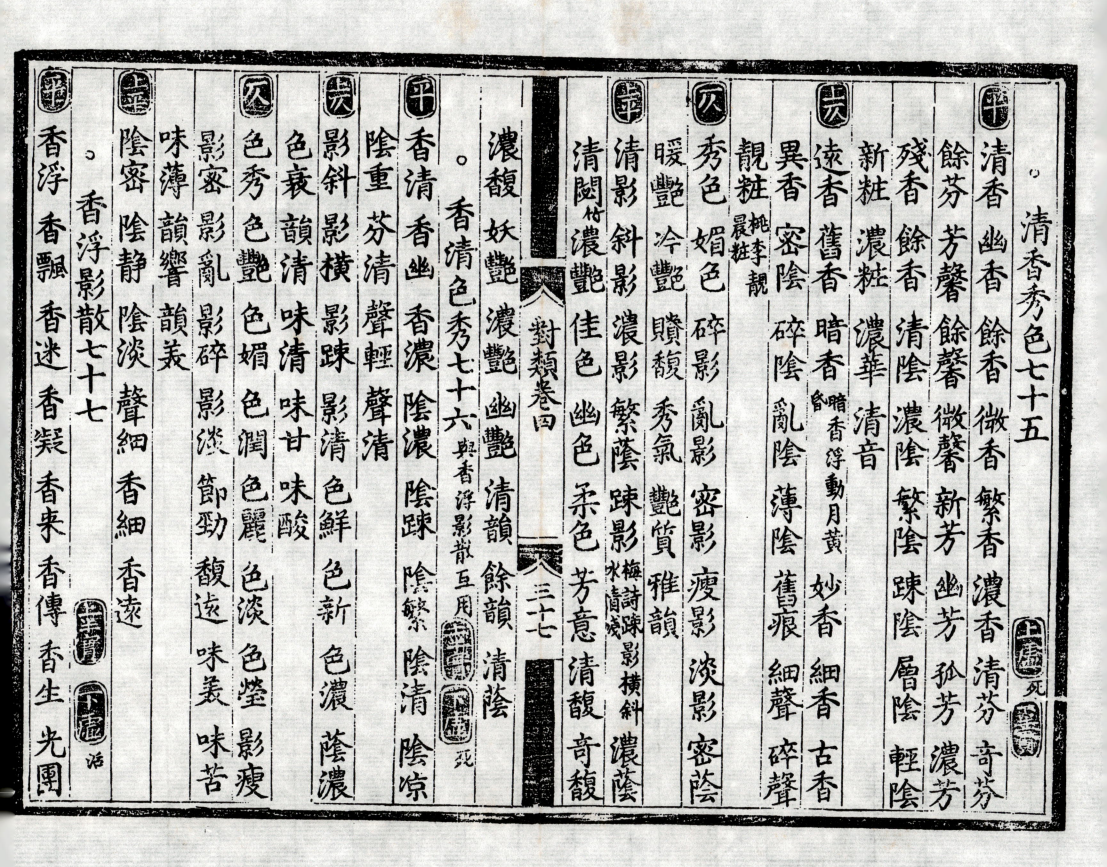

〔平〕香浮 香飄 香迷 香凝 香来 香傳 香生 光團

光浮 光侵 光搖 光涵 光凝 光移 聲啼 聲傳
聲沉 聲搖 聲飄 陰移 陰垂 芳騰 輝涵 陰屯
痕侵
【上仄】影移 影搖 影飾 影横 影籠 影侵 影穿 色欺
色侵 色迷
【仄】影散 影射 影透 影蘸 影入 影倒 影動 影轉
影印 影照 影上 色透 色暎 色妬 色吐 色褪
秀聳 蔭結 蔭徙
【上平】香滿 香襲 香度 香透 香逗 香過 香送 香散
香噴 香遞 陰過（竹詩陰過酒樽凉） 陰轉 光暎 光射
光動 聲戛 聲撼

。含芳吐秀七十八 與爭妍競秀互用 【上虛】活【下實】

【平】含芳 呈芳 流芳 騰芳 垂芳 含英 飛英 生香
含香 凝香 流香 傳香 飄香 浮香 呈芬 摽竒
垂陰 舒英 舒陰 交陰 成陰 團陰 抽榮 呈祥
浮光 吹香 交香 胎香 含酸 留酸 蔵聲 成聲
敷華 敷榮
【上仄】毓奇 吐奇（天葩吐奇芬） 吐芬 發祥 噴香 吐香 送香
散香 遞香 弄香 鬭香 發榮 結陰
【仄】吐秀 擢秀 挺秀 聳秀 毓秀 發秀 孕秀 脫穎
吐艷 鬭艷 逞艷 弄影 散彩 轉影 散影 結蔭
薦馥 結實 濺淚（感時花濺淚） 變色 染色 逞色 吐色
弄色
【上平】含秀 呈秀 鍾秀 敷秀 凝秀 敷艷 成韻 成蔭

含穎 垂穎 垂蔭 鍾瑞 呈瑞 騰實 成實 篩影
横影 移影 含態 揚馥 團色 成色

。争妍競秀七十九 與後二類互用 【並虛】死

【平】争妍 争芳 齊妍 同妍 齊芳 同芳 争輝 交輝
孤芳 争鮮 相鮮 孤妍 聯芳 相依 偏佳 争榮
争奇

【上仄】獨妍 鬭妍 鬭香 鬭奇 異芬 獨香 鬭芳 獨芳
共芳 競芳 並芳 競鮮 競妍 獨鮮 鬭鮮 轉佳
自開 自香

【仄】競秀 獨秀 並秀 鬭麗 競麗 共噴 獨茂 獨立
並美 獨美

【上平】争艷 争秀 同秀 孤秀 争麗 相亞 相並 竹梅相並

相睽 萬樹花相睽 争巧 争媚

。争開競吐八十 【上虛】死 【下虛】活

【平】争開 齊開 同開 繞開 齊生 齊抽 齊凋 争飛
交飛 相輝 相依

【上仄】競開 鬭開 並開 自開 獨開 自生 並生 獨凋

【仄】競吐 並吐 競發 競拆 競放 獨發 獨放 獨綻

【上平】争放 齊放 齊綻 齊發 争發 争吐 齊吐 交睽

。初開下發八十一 與前二類互用 【上虛】死 【下虛】活

【平】初開 方開 将開 新開 潛開 微開 全開 先開
都開 齊開 繞生 繞凋 繞開 初生 新生 方抽
先抽 初抽 繞抽 新抽 将舒 潛舒 初舒 微舒
初凋 将凋 難凋 将零 先零 初零 繞飄 初飄

猶存（陶辭三徑就荒松菊猶存）　潛數　將登　纔踈　方濃

〔上入〕

未開　欲開　乍開　半開　正開　盛開　已開　盡開

漸開　始開　恰開　擬開　徧開　亂開　後開　乍生

始生　漸生　未生　正生　乍抽　乍飛　正飛　正飄

漸飄　乍飄　已飄　易凋　欲凋　已凋　不凋　乍凋

後凋（語松柏之後凋）　半凋　半含（綠竹半含籜）　正濃　正妍　漸舒

始舒　始萌　乍收

〔[illegible]〕

乍發　欲發　正發　已發　未發　漸發　易發　漸放

未放　欲放　已放　乍折　欲折　半折　未折　漸折

正嫩　欲破　欲吐　漸吐　盡吐　半吐　未吐　正吐

已吐　乍吐　已遍　欲謝　已謝　半謝　未謝　半露

半落　漸落　盡落　亂落　欲落　未落　乍落　未捲

尚捲　乍捲　半捲　漸長　漸破　漸折　已綻　欲噴

不改　漸密　已秀　已茂　乍長　正長　已長　已拆

半蹙　欲裉　已裉　欲墜　已墜　欲綻　已熟　正熟

未熟　半熟　已破　半破

〔上平〕

初發　將發　纔發　將吐　方吐　先吐　全吐　纔吐

初吐　初綻　方綻　將綻　初放　先放　將放　初拆

將拆　將謝　初謝　初裉　將裉　初落　將墜　先墜

初墜　先熟　纔熟　新熟　將熟　初熟　猶茂（松柏之姿經霜猶茂）

微卷　初卷　微裉　初長

〇初榮乍老八十二　〔並虛〕　死

〔平〕

初榮　方榮　方深　方濃　將深　將濃　方新　都荒

初荒　猶芳　猶香　初肥

【上仄】始榮 向榮 漸榮 漸踈 已踈 已濃 已深 漸深
漸高 漸衰 乍衰 已衰 未衰 漸繁 乍芳 漸芳
漸稀 乍肥 正肥 漸枯
【仄】未老 漸老 不老 已老 始茂 正茂 未茂 正嫩
正美 正好 乍密 漸密 乍秀 漸秀 尚小 漸茂
正小
【上平】初茂 方茂 方盛 方嫩 猶嫩 方秀 將老 初麗
初艷 猶小 初盛 初脆 將茂

○開時落處八十三 【上虛】活【下實】

【平】開時 生時 榮時 舒時 飄時 凋時 殘時 栽時
敷時 芳時 飛時 濃時 香時 抽時
【上仄】發時 拆時 謝時 熟時 綻時 出時 種時 吐時

落時
【仄】落處 發處 吐處 發後 落後 種後 種處 舞處
謝處 熟處 謝後 熟後 吐後 綻後
【上平】深處 香處 飛處 開處 飄處 堆處 生處 踈處
開後 飛後 殘後 濃處 栽處

○開殘落盡八十四 【上虛】活【下虛】死

【平】開殘 飛殘 凋殘 飄殘 開餘 開遲
【上仄】落殘 落餘 褪殘
【仄】落盡 落遍 發遍 吐遍 過了 褪了 拆盡 熟盡
發盡 減却（杜 一片花飛減却春） 綻了 謝了
【上平】開遍 開了 開到 開盡 凋盡 飄盡 飛盡 吹盡
粧遍

○粧成染出八十五與聲色門互用 半虛 活

平 粧成 鋪成 堆成 飄来 舒開 移来 飛来 傳来
椛成 搓成
去入 拆開 綻開 放開 染成 點成 送来 拂来 舞来
迸開 簇成 展開 拂開
入 染出 染就 點就 畫就 綻破 拆破 吐出 綻出
攪碎 散作 迸出 點破 透過 拂動 綴就 迸破
捲就 飣出 鎖破
上平 飛送杜岸花飛送客 飛落 飛墜 飄墜 垂拆 生出 穿出
穿過 飛過 飛度 粧出 粧就 薰透 搖動 穿破
收去繞被夕陽收拾去 堆起 鋪滿 抽出 飛下 穿透
搖落 攢破

數目 ○三槐九棘八十六

平 三槐三槐三公之位 雙槐 雙松 孤松 千松 雙梅 孤梅
孤桐 雙蓮 千花
上入 五松秦封五松為大夫 七松唐鄭薰蒔松于庭號七松處士 萬松 五花
六花 衆花 五芝 萬花 百花
入 九棘九棘九卿位焉 五柳陶潛號五柳先生 百草 萬草
衆草 萬木 衆木 百木 一葦 五桂丹桂五枝芳 百卉
萬卉 衆卉
上平 雙桂 千卉 群卉 孤竹夷齊孤竹君之子 千竹 孤木
群木 千木 千柳

○千枝萬葉八十七 上虛 死 [illegible]

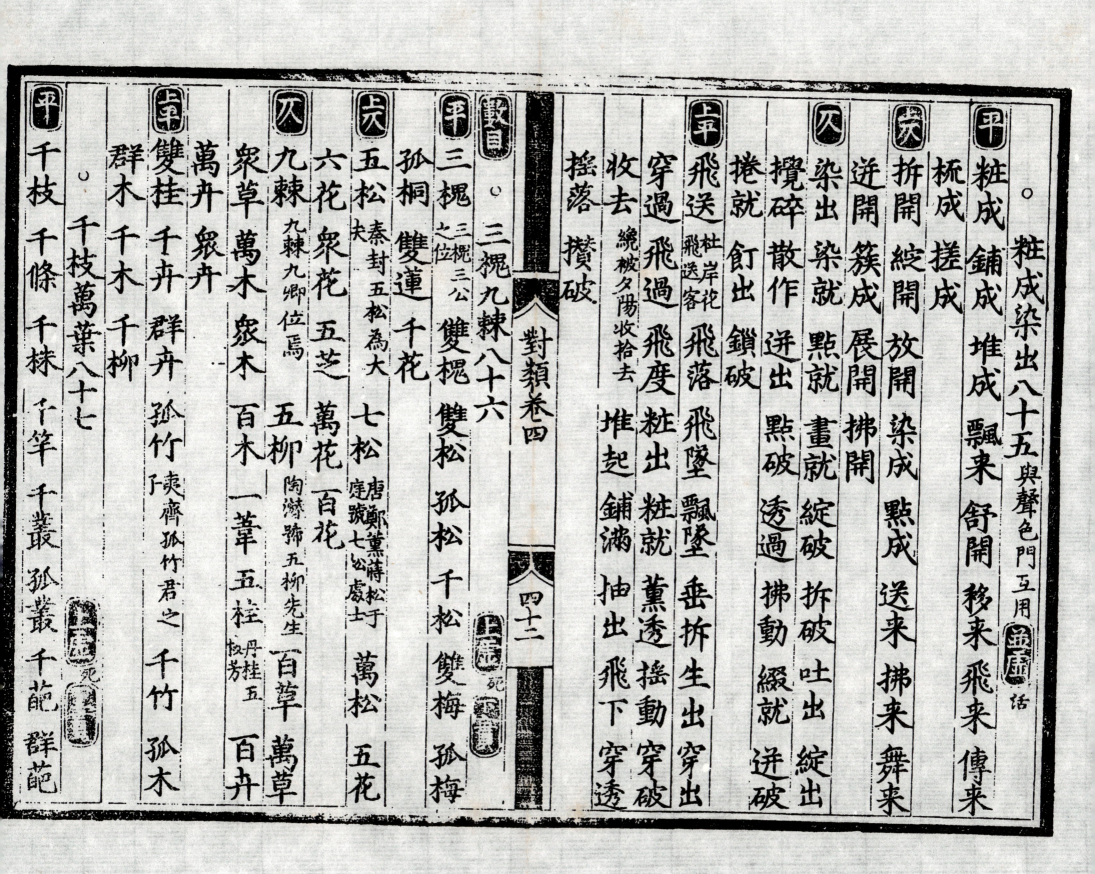

平 千枝 千條 千株 千竿 千叢 孤叢 千葩 群葩

群花　群英　千花　千苞　千頭　李衡種千株橘號千頭木奴　千莖
孫根　孤根煖獨回　孫枝　千梢　三竿
【上仄】幾枝　一枝　萬枝　數梢　幾梢　幾條　數條　萬條
一叢　幾叢　六花　數叢　萬叢　幾株　數株　一株
萬株　五株　一竿　數竿　幾竿　百竿　一根　萬竿
萬葩　數葩　萬英　數花　數枝　百花　萬花　衆花
【仄】萬葉　一葉　一葉落而天下知秋　百葉　數葉　萬蕊　一萼
數萼　萬萼　一朶　一點　數朶　幾朶　萬朶　幾片
一片　花萬片　幾點　萬點　一本　一種　萬種　數點
萬目　萬簇　一簇　一粒　一顆　幾顆　萬顆　幾葉
幾種　一樹　幾樹　萬幹　幾幹
【上平】千蕊　千萼　千葉　千幹　千種　千朶　千樹　千本

○栽培剪伐八十八　【金匱】活
【平】栽培　耘鋤　芟除　芟夷　刪除　耕耘　耘耔　耕鋤
【上仄】剪除
【仄】剪伐　採摘　種植　灌溉　種穫　刈穫
【上平】收穫　耕種　耕耨　培植　栽種　攀折　澆灌
○榮枯秀實八十九　【金匱】死
【平】榮枯　生成　低昂　高低　繁稀　橫斜　縱橫　新陳
甘酸　剛柔　柔和
【上仄】卷舒　密疎　後先　淺深
【仄】秀實　小大　厚薄
【上平】生長　榮瘁　開落　開謝　高下　舒卷　疎密　濃淡
深淺　肥瘦　遲早

○鋪陳點染九十 〔並虛〕活

〔平〕鋪陳 鋪排 安排 粧排 妝成 飄揚 遮蔵

〔上去〕掩蔵 翦裁

〔入〕點染 點綴 掩暎 隱暎 結束 結果 發露 漏泄

綴葺 迫促 潤色 鬭飣

〔上平〕粧束 裁翦 收拾 粧綴 粧點 呈露

○芳菲爛熳九十一 〔並虛〕死

〔平〕芳菲 鮮妍 芳妍 芬芳 妖嬈 嬌嬈 馨香

芳鮮 彫零（木） 爛斑 飄零（落花） 清癯（梅） 昂蔵 堅剛

孤高（並松） 摧頹 摧頹（松根） 蒼 清奇 纍垂（橘） 輕柔 輕盈

蒙茸 青蔥 蒙蘢（並草） 陰森 槎牙（枯木） 交加 扶踈（並竹） 參

稀踈 婆娑（影） 拳攣 玲瓏（木） 依稀（柳） 輕狂 顛狂（柳絮） 蕭踈

橫斜（梅影） 欹斜

〔上去〕陸離 茂滋（草） 阜蕃（草木）

〔入〕爛熳 艷冶 豔麗 閃爍 掩暎 窈窕 婭姹（並花） 馥郁

旖旎（花香） 夭矯 綽約 的皪（梅花） 阿娜 裊娜（並柳） 蓊鬱 偃蹇

正直 勁直（並竹） 茂盛（木） 偃亞 蔓衍 瑣碎 散亂 散漫

萑蕤 暢茂 隱暎 寂寞（梨花）

〔上平〕盤踞 蒼翠（並松柏） 葱蒨（草） 芬馥（花香） 零亂 零落 寥落

狼籍（並花謝） 妖艷 瀟灑 鮮潔 清瘦（並梅） 輕薄（桃花） 妖麗

重疊（花影） 妍麗 芳潤（並花） 摧折 顛倒（影） 端正 漂泊（萍） 繁密

搖曳（柳絲） 盤錯 孤潔 狼戾 濃艷

○嫣然沃若九十二 〔並虛〕死

〔平〕嫣然 森然 林然 紛然

虛　欝然　蓊然　勃然

仄　沃若　蓊若　梃若　茂矣

平　森若　榮矣　濃矣

疊字　○枝枝朶朶九十三

平　枝枝　條條　竿竿　叢叢　株株　莖莖　並實　絲絲　梢梢

花花　團團　根根　行行

仄　朶朶　蕋蕋　片片　點點　葉葉　顆顆　節節　色色

柄柄　本本　萼萼　樹樹　種種　茵茵　叚叚　簇簇

○依依灼灼九十四　並虛　死

平　依依　青青　並柳猗猗　森森　脩脩　並竹欣欣　竦竦　竹木蒼蒼

亭亭　並松離離　菲菲　葱葱　芊芊　萋萋　纖纖　菁菁

芘芘　並草芃芃　麥夭夭　鮮鮮　芬芬　盈盈　並花茸茸　輕輕

濛濛　落花紛紛　絮田田　娟娟　竹垂垂　翻翻　陰陰　蓁蓁

翩翩　葉苕苕　菊綿綿　蕭蕭

仄　灼灼　粲粲　爛爛　密密　細細　並花馥馥　郁郁　花香裊裊

娜娜　柳漠漠　絮藹藹　欝欝　松釆釆　菊瑟瑟　摵摵　荷蕩蕩

豔豔　疊疊　影蔌蔌　葉苒苒　草汎汎　萍獵獵　蒲薄薄　籊籊

矯矯　洒洒　淡淡　曄曄　簇簇　挺挺　嫋嫋

三字　○釆蘋蘩敬桑梓九十五

平　釆蘋蘩　起蓬蒿　製芰荷　別薰蕕　剪茅茨　收桑榆

釆蕨薇　足桑麻　入芝蘭　食萍蒿　剪荊榛　訪草茅

刈草菅　詢芻蕘

仄　敬桑梓　栖枳棘　及草木　釆葑菲　納禾稼　烹葵菽

植榛栗　獻瓜李　摵杷柳　釆杞菊　貢橘柚　烹葵藿

舍梧檟 養樲棘

○雪中梅霜外竹九十六

平 雪中梅 雨中梅 雨中荷 雨中花 露中花 日中葵
霜中梅 煙裏松 雪後梅 月中梅

仄 霜外竹 風前竹 雪中竹 風前柳 霜外菊 霜外草
霜後橘 霜中栢 風中桂 風中竹 霜前菊 風裏絮

○菊傲霜荷擎雨九十七

平 菊傲霜 草經霜 菊帶霜 葉經霜 柳凝煙 柳含煙
柳籠煙 柳鎖煙 草和煙 杏倚雲（詩日邊紅杏倚雲栽） 竹拂雲
柳搖風 柳舞風 絮隨風 絮因風 草偃風 竹吟風
竹敲風（坡詞門外誰來推綉户又却是竹敲風） 荇牽風 柳參天 草連天
木參天 竹干霄 葵傾陽

仄 荷擎雨 荷顫雨 荷翻雨（古詞微雨過小荷翻） 蕉展雨 花卧雨
花帶雨 苔漬雨 梅欺雪 梅亞雪 梅暎雪 梅破雪
梅帶月 花泣露 花醉露 花浥露 花擎露 花向日
花背日 花暎日 花笑日 榴暎日

○臘前梅秋後菊九十八

平 臘前梅 社前梅 冬後松 秋後荷

仄 秋後菊 春後柳 冬後柏 秋後草

○柳爭春梅破臘九十九

平 柳爭春 柳搖春 草生春 草迎春 花留春 花蔵春
梅破春 麥先秋 草經寒（杜楚草經寒碧） 葉驚秋 菊迎秋
竹凌秋 竹生凉 竹招凉 茶先春（茶歌先春抽出黄金芽）
竹經寒 松冒寒 栢禁寒 竹禁寒

仄 梅破臘 梅報暖 松閲歲 槐轉午 荷却暑 荷滌暑
楓撼曉 楓怯冷 榴噴夏 梅耐冷

○隴頭梅籬畔菊一百

平 隴頭梅 墻角梅 江南梅 水邊梅 洞中桃 沼中蓮
池内蓮 浦中蓮 江上楓 巖上松 嶺上松 澗底松
井上桐 水上萍 園中葵 園中蔬 砌間蘭 畝中禾
原上花 檻中花 路傍花 園中花
仄 籬畔菊 堤畔柳 堤上柳 亭前柳 庭前桂 湖外草
原上草 窓外竹 丘中李 路傍草 路傍李 園中杏
墻頭杏 澗邊藻 井上李

○洛陽花彭澤柳一百一

平 洛陽花 長安花 河陽花 青門瓜 東陵瓜（秦東陵侯邵平青門種瓜）

武陵桃 天台桃 越溪蓮 玉井蓮 太華蓮 建溪茶
金谷榴 銅池芝 安石榴 犀浦梅 若耶蓮 玄都桃
商山芝（秦有四皓商山茹芝） 嶧陽桐 首陽薇
仄 彭澤柳 灞岸柳 章臺柳 渭城柳 渭川柳 市橋柳
湘江竹 睢園竹 江陵橘 洞庭橘 廣寒桂 崆峒麥
漁陽栗 火山荔 渭川竹

○吳江楓蔣逕菊百二

平 吳江楓 堯階蓂 庾嶺梅 楚畹蘭 謝庭蘭 楚江萍
仄 蔣逕菊 陶逕菊 謝池草 孔壇杏 燕山桂 漢宮柳
隋堤柳 吳苑柳 燕谷黍（燕谷地寒不生黍鄒衍吹律暖生黍乃生） 梁園竹
吳園栗 王宮黍 單父麥

○北苑茶東籬菊百三

平 北苑茶　西山薇　南澗蘋　西湖蓮　北山萊　南浦蓮
西蜀櫻　西湖梅　西域榴　上林桃　北堂萱　後庭花
北巖松　東閣梅
仄 東籬菊　南澗藻　南海荔　南浦草　南園竹　西山杏
西河柳　南山杞　北山李　西山藥　東都李　東園李
西湖藕　西湖柳　南階竹

○江路梅市橋柳百四

平 江路梅　野池蓮　園畦蔬　山逕松　野逕花　雪岸梅
御溝楊
仄 市橋柳　沙堤柳　沙堤草　宮門柳

○三徑松兩窻竹百五

平 三徑松　九里松　十里荷　五畝桑　異畝禾　千畝禾

九畹蘭　半池蓮　半池萍　一川花　一川桃　兩岸桃
兩岸花　兩汀蒲　一逕花
仄 兩窻竹　三徑竹　千畝竹　三徑菊　一池草　雙岸草
雙堤柳　雙岸柳　千郊草　百畝穗　孤村杏　兩岐麥

○藤刺簷花覆牖百六

平 藤刺簷　花滿城　花滿蹊　花倚欄　花遶籬　李成蹊
杏出墻　草披堤　草迷津　草侵堦　蘚沿堤　荇隨波
荷點溪　秧刺泥　柳籠堤　梅映窻　竹當門　篠媚漣
仄 花覆牖　花糝逕　花滿路　花綉地　花滿縣　花滿架
花卧檻　笋穿壁　苔上砌　苔封徑　荷貼水　荷蓋水
萍蓋水　秧刺水　蒲刺水

○翠鈿荷紅錦藥百七

【平】翠鈿荷　紅錦榴　紫茸蒲　紅糝桃　白玉蒲　白羽蓮

【仄】紅錦藥　綠茵草　綠絲柳　白綿柳　黃金菊　翠帶荇

○玉簪蓮金絲柳百八

【平】玉簪蓮　錦窠榴　金顆梅　水晶榴　水晶瓜　玉版梅
金鼎梅　寶珠榴　鐵角松　翠房蓮　錦帶薇　玉蕋梅
蠟蒂梅　玉津梨　金寶蓮

【仄】金絲柳　金錢菊　金粟桂　金鈿菊　玉苞藕　玉版筍
金鍾荔　犀株筍　紫文荔　金衣橘　錦棚筍

○柳搖金梅破玉百九

【平】柳搖金　柳拖金　柳飛綿　柳飄綿　柳垂絲　草隨袍
草成茵　草鋪茵　杏凝脂　竹篩金　荷疊錢　筍抽簪
櫻垂珠　橘垂金

【仄】梅破玉　梅屏粉　梅傅粉　花鋪錦　荷張蓋　竹戛玉
葉成幄　松張蓋　柳飛線　榴噴火

○大夫松君子竹百十

【平】大夫松　君子蘭　孩兒蓮　縣令花　仙人桃　驛使梅
公主梅（壽陽公主梅花點額）　帝女桑　處士松　道士桃　君子蓮

【仄】君子竹　故人竹　此君竹　美人草　木奴橘　王孫草
稚子筍　蒼官柏　先生柳　姮娥桂　老人橘　仙人杏
曾孫稼　封君橘　戶侯竹

○潘岳花陶潛菊百十一

【平】潘岳花　潘岳桃　劉郎桃　王母桃　方朔桃　六郎蓮
貴妃棠　召伯棠　盧仝茶　張翰蓴　丁固松　邵平瓜
孫鍾瓜　莊周櫧　樊素櫻　傅說梅　廣平梅　陸羽茶

曼倩蓮 昌宗蓮 淵明松 長房莱

仄 陶潛菊 王猷竹 蔣詡竹 淵明柳 靈運草 郤詵桂

孔明柏 陸績橘 張緒柳 孟宗笋 高鳳麥 王戎李

杜陵韭 小蠻柳 屈原芰

。解語花忘憂草百十二

平 解語花 助嬌花 銷恨花 止渴梅 解煩梨 索笑梅

仄 忘憂草 忘機草 多情柳 送行柳

。草忘憂花解語百十三

平 草忘憂 草忘機 草留眠 草成傷 桃不言 李無言

花助嬌

仄 花解語 荷欲語 荷花嬌欲語 梅共笑 花銷恨 花送別

花含笑

。一枝梅千頭橘百十四

平 一枝梅 一剪梅 百葉桃 千葉桃 五株松 數株松

千葉蓮 千丈松 四角菱

仄 千頭橘 千株橘 千竿竹 數竿竹 五株柳 千株柳

數行柳 兩行竹 五枝桂 月桂五枝芳 一枝桂

。十丈蓮兩岐麥百十五

平 十丈蓮 五色芝 同穎禾 六穗禾 雙頭蓮 一把蓮

九節蒲

仄 兩岐麥 九穗麥 三色桂 千絲柳 三眠柳

。萬年枝千歲子百十六

平 萬年枝 千年桃 三月桃 萬歲桃 十月桃 千歲松

四時花 四月梅 百日花 七月瓜 一夜花

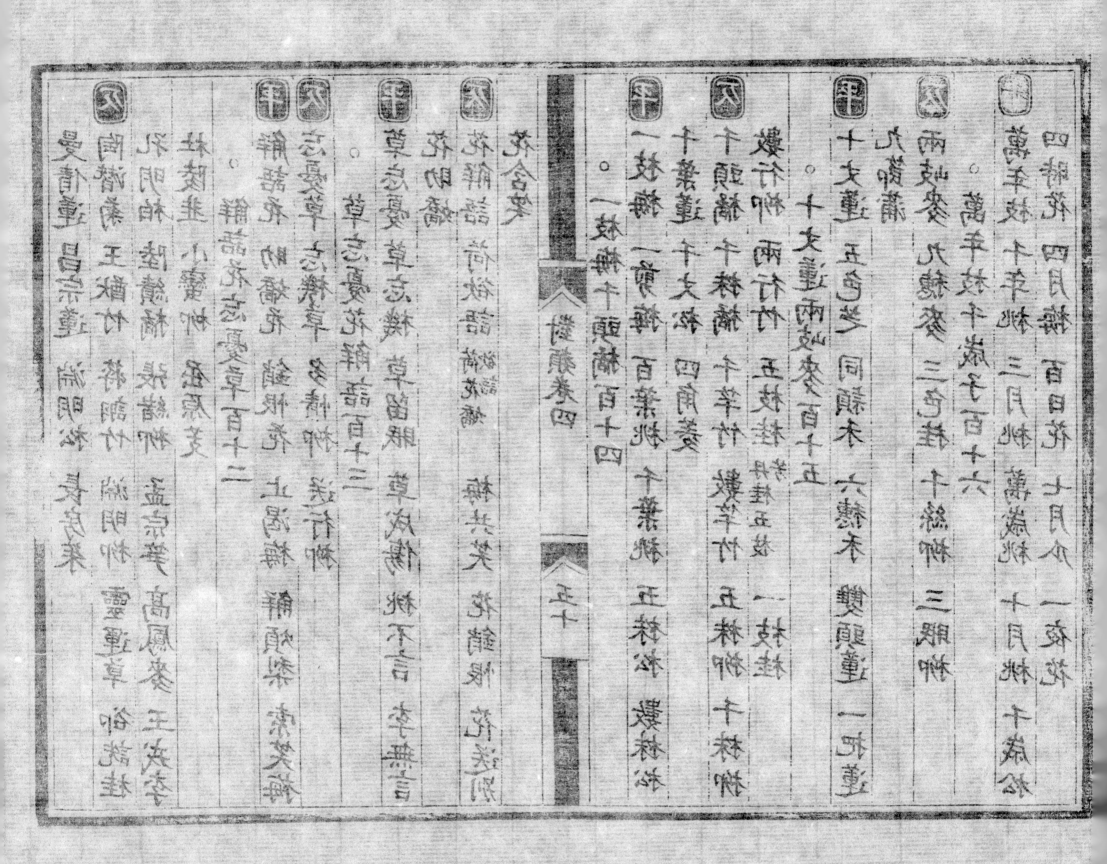

仄 千歲子　百歲實　萬歲實　千歲棗　三月棗　三年芝

。兩三竿千萬朵百十七

平 兩三竿　數百竿　兩三枝　兩三葩　萬千竿　三四花

第一枝

仄 千萬朵　千百朵　千萬葉　三兩蕋　三四蕋　三兩點

十五葉　千百榦

。黍稷稻粱臺萊杞李百十八

四字

平 黍稷稻粱　穀粟菽麻　棫樸槱薪　栝栢豫章　楩楠豫章

芝桂參苓

仄 臺萊杞李　禾麻菽麥　菽粟稊稗　菽麻穀粟　梧檟樲棘

桮棬杞柳　金石草木

。穠李夭桃敗荷衰柳百十九

平 穠李夭桃　瑞草靈芝　細蕋寒花　細蕋疎花　冷蕋疎枝

冷葉疎條　落絮遊絲　細柳新蒲　勁節癯枝　強榦弱枝

枯木朽株　嘉禾瑞芝

仄 敗荷衰柳　浮花浪蕋　落花芳草　落花飛絮　落花流水

落花啼鳥　新松古栢　深根固蔕　茂林脩竹　新松舊菊

盤根錯節　奇花異卉　死灰槁木　古槐高柳　夭桃郁李

寒藤老木　孤根勁節

。岸芷汀蘭山桃野杏百二十

平 岸芷汀蘭　院菊池蓮　簷竹井芹　野草閒花

仄 山桃野杏　渚蘭水荇　渚花汀草　野花山葉　渚蒲汀柳

。隔竹敲茶傍花隨柳百二十一

平 隔竹敲茶　問柳尋花　採菊囊菜　種竹栽桃　沉李浮瓜

仄 傍花隨柳　烹葵剥棗　剣苕剔蘚　破柑賫稻　判花視草
買花載酒　餐松啖栢　采花食實　獻芹薦藻　浮瓜雪藕
條桑種杏

○唐叔得禾后稷播穀百二十二

平 唐叔得禾　商皓茹芝　屈原紉蘭　丁固生松　汲黯積薪
温舒截蒲　魯侯采芹　傅説作梅　鉏麑觸槐　廉頗負荊

仄 后稷播穀　樊遲學稼　冉子請粟　淵明把菊　魏顆結草

○李白桃紅橙黄橘緑百二十三

平 李白桃紅　蒲白荇青　柳緑花紅

仄 橙黄橘緑　桃紅李白　花紅柳緑　菊黄茱紫

○紅蓼白蘋碧梧翠竹百二十四

平 紅蓼白蘋　碧榦紫苞　緑葉清陰　翠葉紫莖　紅葉翠苕
紫菊紅蕉　赤箭青芝

仄 碧梧翠竹　紅英紫萼　紅花緑葉　黄葵紫菊　青蒿黄韭
黄蘆白葦　翠瓜碧李

○菊暗荷枯竹苞松茂百二十五

平 菊暗荷枯　草夭木條　竹冷花遲　荷盡菊殘

仄 竹苞松茂　菊荒荷老　莎深苔滑　花殘鶯老

○萬葉千枝三花五蕋百二十六

平 萬葉千枝　一莖三花　一本兩莖　六莖五英　五柳七松
萬草千花

仄 三花五蕋　三槐九棘　千條萬緒　一農九穀　一莖九穗

○不蔓不枝方苞方体百二十七

平 不蔓不枝　無麥無禾　如茨如梁　有艷有花　不耕不蘦

自化自生 惟秬惟秠 有條有枚 不染不妖 實方實苞

【谷】方苞方体 有根有本 有條有用 自形自色 無根無葉

既堅既好 不稂不莠 或耘或耔 不稼不穡

對類卷之四